Diese Persönliche
Chronik ist für:

Das Buch vom

25.

JANUAR

Ein ganz besonderer Tag

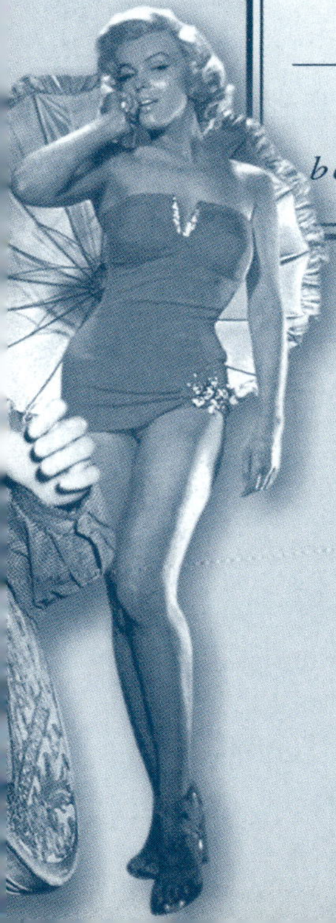

… ein ganz besonderer Tag

Am 25. Tag des Januar feiern die Menschen im christlichen Kulturkreis das Fest von Pauli Bekehrung. Früher wurden Vögel oder Storchennester aus Hefeteig gebacken – aus Vorfreude auf den kommenden Frühling. Der Tag steht unter dem besonderen Schutz vieler Namenspatrone. Unter ihnen sind die heilige Märtyrerin Amarin, der heilige Poppo von Stablo und der Dominikaner Titus. Eine ganze Reihe denkwürdiger Begebenheiten aus Politik, Gesellschaft und Kultur versammeln sich auf den 25. Januar:

1533 ließen sich König Heinrich VIII. und Anne Boleyn heimlich trauen.
1817 begeisterte die Oper »Aschenbrödel« von Rossini das römische Premierenpublikum.
1890 wurde eine Vorlage Bismarcks über die Verlängerung des Sozialistengesetzes abgelehnt.
1955 erklärte die UdSSR den Krieg mit Deutschland offiziell für beendet.

Dieser Tag schmückt sich auch mit vielen berühmten Geburtstagskindern. Darunter ist die 1882 geborene Schriftstellerin Virginia Woolf. In die politische Geschichte ging Corazon Aquino ein, die auf den Philippinen das Marcos-Regime stürzte.

Im Zeichen des Wassermanns

21. Januar bis 18. Februar

Das Wassermann-Zeichen steht am 25. Januar noch in der ersten Dekade. In der Astrologie wird dieses Tierkreiszeichen mit dem Element Luft verbunden, und der Planet Uranus gilt als Geburtsherrscher. Er verleiht Kreativität und fördert den Drang nach Neuem.

Wassermänner zeichnen sich denn auch durch ihre Unternehmungslust aus. Kontaktfreudig wie sie sind, suchen sie schnell Freundschaften zu gleichgesinnten Menschen. In der Gruppe strebt der Wassermann die geistige Führungsrolle an. Andererseits ist er auf seine Unabhängigkeit außerordentlich bedacht. Seine idealistischen Ziele gründen auf Einfallsreichtum, eignen sich allerdings nicht immer für eine praktische Umsetzung.

Ein prominenter Wassermann, der seine visionären Vorstellungen u.a. mit der Erfindung der Glühbirne in die Realität umsetzen konnte, ist Thomas Alva Edison. Auf künstlerischem Gebiet reiht sich Wolfgang Amadeus Mozart in die Riege der berühmten Wassermänner ein. Schon in jungen Jahren galt er als musikalisches Genie. Für Unternehmungslust und Führerqualitäten der Wassermann-Persönlichkeiten stehen Politiker wie Eduard Schewardnadse, der 1992 Staatspräsident von Georgien wurde, und UN-Generalsekretär Sithu U Thant.

1900-1909

Highlights des Jahrzehnts

1900

- Weltausstellung in Paris
- Niederschlagung des Boxeraufstandes in China
- Uraufführung der Oper »Tosca« von Giacomo Puccini in Rom
- Probefahrt des ersten Zeppelins »LZ 1«

1901

- Die britische Königin Victoria stirbt
- Erste Nobelpreise verliehen
- Thomas Mann veröffentlicht die »Buddenbrooks«
- Mordattentat auf US-Präsident McKinley, Theodore Roosevelt wird Nachfolger

1902

- Beendigung des Burenkrieges in Südafrika
- Krönung Eduards VII. zum König von Großbritannien
- Inbetriebnahme der Transsibirischen Eisenbahn
- Kunstströmung »Jugendstil« auf dem Höhepunkt

1903

- Serbischer König Alexander I. ermordet
- Erste Tour de France
- Erster Motorflug der Brüder Wright
- Kampf der Suffragetten um das Frauenwahlrecht
- Margarethe Steiff präsentiert den »Teddy-Bären«

1904

- Hereroaufstand in Deutsch-Südwestafrika
- Beginn des Russisch-Japanischen Krieges
- Arthur Korn gelingt die erste Bildtelegraphie

1905

- Petersburger »Blutsonntag«
- Tangerbesuch Wilhelms II. führt zur Ersten Marokkokrise
- Albert Einstein entwickelt »Spezielle Relativitätstheorie«
- Künstlergemeinschaft »Die Brücke« wird gegründet

1906

- Revolutionäre Unruhen und erstes Parlament in Rußland
- Roald Amundsen duchfährt die Nordwestpassage
- Dreyfus-Affäre beigelegt
- Erdbeben verwüstet San Francisco

1907

- Pablo Picasso malt »Les Demoiselles d'Avignon« und begründet den Kubismus
- Erste Farbfotografien von Louis Jean Lumière

1908

- Ford baut Modell T (»Tin Lizzy«)
- Österreich-Ungarn annektiert Bosnien und Herzegowina
- Durchbruch der olympischen Idee bei Spielen in London
- 30 000 Jahre alte Statuette (Venus von Willendorf) gefunden

1909

- Robert E. Peary erreicht als erster Mensch den Nordpol
- Louis Blériot überfliegt den Ärmelkanal
- Unruhen in Persien: Schah Mohammed Ali dankt ab

◀ Opernstar Enrico Caruso als Bajazzo an der New Yorker »Met« (1903)

Donnerstag 25. Januar

Politik

Eine neue Flottenvorlage wird dem Deutschen Reichstag in Berlin vorgelegt. Dem sogenannten Zweiten Tirpitzschen Flottengesetz zufolge, benannt nach dem Staatssekretär des Reichsmarineamts, Alfred von Tirpitz, soll die deutsche Hochseeflotte bis 1917 praktisch verdoppelt werden. Um Großbritannien die Vormacht zu nehmen – bisher gilt der »Two-Power-Standard« (zwei britische gegenüber einem deutschen Kriegsschiff) – soll mit 38 Schlachtschiffen, 20 großen und 45 kleinen Kreuzern sowie zahlreichen Torpedobooten aufgerüstet werden. Damit läge das Flottenverhältnis nun bei 2:3 zugunsten von Deutschland. Die Vorlage von Alfred von Tirpitz, der immer wieder den rein defensiven Charakter des Flottenbaus unterstreicht, findet eine breite Zustimmung.

»Linie ohne Bauch«: Das Korsett, ein modisches Muß für die elegante Frau

Wetter

Relativ angenehm präsentiert sich der Januar 1900. Die Durchschnittstemperatur von –0,6 °C weicht nur geringfügig vom langjährigen Mittel für den Monat (–0,4 °C) ab.

Freitag 25. Januar

Politik

Briefsendungen mit polnischer Anschrift werden ab heute in Deutschland wieder ausgeliefert. Eine Anordnung der preußischen Regierung. Die nur deutsche Schreibung gestattet, wird damit gegenstandslos. Abgeordnete der Polenfraktion, des Zentrums und der Sozialdemokraten haben gegen die Nichtbeförderung der Polen-Briefe protestiert. Die Anordnung steht im Zusammenhang mit den »Eindeutschungsbestrebungen« im Osten des Reiches. Dort leben mehrheitlich Polen, denn die Gebiete gehörten bis zur polnischen Teilung 1795 zum polnischen Staat.

Politik

Das neue bulgarische Kabinett unter Ministerpräsident Petko Karawelow nimmt seine Arbeit auf. Seine Amtszeit reicht nur bis zum März. Die häufigen Kabinettswechsel sind Ausdruck der schlimmen Krise in Bulgarien. Das Land steht vor dem Bankrott.

Gute Figur in Sakkoanzug und Wettermantel: Die Mode für den Herrn

Wetter

Auf einen frostigen Durchschnitt von –3,2 °C kommt der Januar.

Samstag 25. Januar

Gesellschaft

Das Kunstgewerbemuseum Berlin wird um ein »Glasdenkmal« bereichert. Kaiser Wilhelm II. enthüllt anläßlich des Hochzeitstages seiner Eltern – sie haben am 25. Januar 1858 geheiratet – das Fenster, das Kaiser Friedrich I. und seine Frau Victoria darstellt. Heute ist auch der britische Thronfolger Prinz Georg von Wales in Berlin, um das Bild zu sehen. Victoria entstammte dem englischen Königshaus. Kaiser Wilhelm II. selbst bezeichnet sich manchmal als »halben Engländer« und ist häufig auf der Insel.

Politik

Ein übergeordneter Verband soll die katholischen Gewerkschaften Italiens vertreten. Für die Gründung sprechen sich die etwa 100 000 Delegierten auf einem Kongreß aus, der zur Zeit in Mailand stattfindet. Katholische Gewerkschaften sind auch in Deutschland sehr stark. Sie sollen die Arbeiter von den »gefährlichen« Sozialisten fernhalten.

Wetter

Eisiges Winterwetter eröffnet das neue Jahr. Im Januar 1902 fällt das Quecksilber auf –4,1 °C, während normalerweise Temperaturen knapp unter dem Gefrierpunkt (Mittelwert –0,4 °C) herrschen.

1903

Sonntag 25. Januar

Sport

Auf dem Eis fühlt er sich zu Hause. Das merkt jeder dem 1877 in Stockholm geborenen Ulrich Salchow an. Bei der internationalen Meisterschaft im Eiskunstlauf, die in diesem Jahr in Davos ausgetragen wird, holt er sich den Titel bei den Herren. Im Paarlaufen setzt sich das Wiener Paar Szabo/Euler durch. Salchow macht weiterhin von sich reden. 1910 wird er in Berlin zum zehnten Mal Weltmeister im Eiskunstlaufen.

Preise in den Jahren 1900–1909

1 kg Butter	2,46
1 kg Mehl	0,35
1 kg Fleisch	1,55
1 Ei	1,05
1 l Vollmilch	1,00
10 kg Kartoffeln	0,65

in Mark, Stand 1905

Politik

In Madrid werben ehemalige liberale Minister Spaniens für ein neues Programm, das sie gestern ausgearbeitet haben: Es gibt sich recht modern mit der Forderung nach der Freiheit des Vereinsrechts, dem allgemeinen obligatorischen Wahlrecht und der Unvereinbarkeit eines Abgeordnetenmandats mit anderen Ämtern.

Wetter

Mildere Temperaturen als in den Vorjahren lassen Hoffnung auf ein Ende des Winters aufkommen. Das Thermometer zeigt Werte um 1,1 °C.

Montag 25. Januar

Gesellschaft

Die Krankenkassen-Vertreter tagen in Leipzig. Im Deutschen Reich ist die Krankenversicherung mit am weitesten in ganz Europa entwickelt. Dennoch ist das Geld – wie bei Krankenkassen wohl üblich – immer zu knapp. Die Kassen fordern einmal mehr die Ärzteschaft auf, bei Krankschreibungen härtere Maßstäbe anzusetzen. Seit Jahresbeginn sind die Kassen bis zu 26 Wochen lang verpflichtet, Krankengeld zu zahlen. Schon seit 1903 sind auch die Bestimmungen außer Kraft gesetzt, nach denen für Folgen von »Schlägereien, Trunkanfälligkeit und geschlechtlichen Ausschweifungen« kein Krankengeld bezahlt wurde.

Politik

Die Nationalliberalen im Deutschen Reichstag beantragen, daß alle Abgeordneten künftig umsonst mit der Eisenbahn fahren können. Außerdem regen sie ein Anwesenheitsgeld bei Reichstagssitzungen an. Sie können sich aber nicht durchsetzen.

Wetter

Einen Durchschnittsjanuar hat das Jahr 1904 – zumindest was die Temperaturen angeht, die um –0,3 °C liegen. Allerdings sind die Wolken weniger ergiebig (28,7 mm) als gewöhnlich (43 mm).

Mittwoch 25. Januar

Politik

Deutschland ist auf dem Weg, eine starke Industrienation zu werden. In Berlin kommen Vertreter des Deutschen Reiches und Österreich-Ungarns zur Unterzeichnung eines Handelsvertrages zusammen. Vor dem Ersten Weltkriegs 1914 ist Deutschland die größte Wirtschaftsmacht auf dem Kontinent. Nur Großbritannien ist als »Mutterland der modernen Industrie« in etwa auf demselben Stand.

Politik

Ebenfalls in Berlin findet eine Sitzung des preußischen Landtags statt. Dabei werden 2 Mio. Reichsmark für die »innere Kolonisation« in Ostpreußen und Pommern bewilligt. Deutsche Siedler sollen die dort lebenden Polen verdrängen.

Wetter

Ohne große Besonderheiten gestaltet sich das Januarwetter 1905. Die Durchschnittstemperatur hält sich bei –0,5 °C auf. Es gibt etwas weniger Niederschläge (33,7 mm) als normalerweise (43 mm).

Stars der Jahre 1900–1909

Isadora Duncan
Tänzerin
Gustav Mahler
Komponist /Dirigent
Anna Pawlowa
Tänzerin
Sarah Bernhardt
Schauspielerin
Orville /Wilbur Wright
Flieger

Donnerstag 25. Januar

Politik

»Gegen die revolutionäre Sozialdemokratie« heißt die Kampfparole, die der deutsche Reichskanzler Bülow heute im preußischen Herrenhaus ausgibt. Die »Sozis« gelten im Kaiserreich als Staatsfeind Nummer eins. Bis 1890 hat sie Bismarck durch Verbote und Repressalien niedergehalten. In Preußen verhindert ein Dreiklassenwahlrecht den Aufstieg der SPD.

Politik

Mit 194 zu 150 Stimmen beschließt das Repräsentantenhaus in Washington eine Länderneuregelung. Die Gebiete Arizona und New Mexico sollen nun unter dem Namen Arizona laufen, während die Indianergebiete und Oklahoma unter dem Namen Oklahoma zusammengefaßt werden sollen. Oklahoma wird 1907, Arizona 1912 US-Bundesstaat. Damit sind die USA auf dem nordamerikanischen Festland bis auf den Bundesstaat Alaska, der in den 50er Jahren dazukommt, komplett.

Wetter

Etwas wärmer und etwas feuchter als der Standardjanuar präsentiert sich der Jahresanfang 1906. Die Durchschnittstemperatur liegt 1,1 Grad über dem langjährigen Mittelwert (–0,4 °C).

Freitag 25. Januar

Politik

Die Stärke der Parteien im zwölften Deutschen Reichstag steht fest. Gewinner der Wahlen sind Konservative, Nationalliberale und Freisinnige. Die Sozialdemokraten müssen eine schwere Niederlage hinnehmen: Sie verlieren aufgrund des Stichwahlsystems und der Wahlkreiseinteilung die Hälfte ihrer Abgeordneten. Die Wahlen standen unter nationalistischen Vorzeichen: Wichtige Streitpunkte im Wahlkampf waren die deutschen Kolonien. Die Konservativ-Liberalen appellieren dabei an die Vaterlandsgefühle und Kolonialmachtphantasien der Deutschen.

Kultur

Mit einer Ausstellung wird ein neues Gebäude der Berliner Akademie der Künste am Pariser Platz eröffnet. Auch Kaiser Wilhelm II. beehrt die Feier mit seiner Anwesenheit. Als eine der Hauptattraktionen wird vor allem Max Klingers Plastik »Diana« bewundert.

Wetter

Milde Temperaturen wechseln im Januar 1907 mit grimmigem Frost. Das Thermometer fällt auf bis zu –20 °C. Der eisige Wind aus Ost und Nordost sorgt für anhaltende Schneefälle.

Samstag 25. Januar

Kultur

Anläßlich des Geburtstags von Kaiser Wilhelm II., der in zwei Tagen 49 Jahre alt wird, eröffnet heute in der Königlichen Akademie der Künste in Berlin eine Kunstausstellung ihre Pforten. Zu sehen sind zahlreiche Meisterwerke britischer Künstler aus dem 18. und beginnenden 19. Jahrhundert. Die Ausstellungsmacher haben die Objekte aus Privatbesitz zusammengetragen. Als Prunkstück der Ausstellung gilt Thomas Gainsboroughs Gemälde »The Blue Boy«. »Der Knabe in Blau« hat es später zwei US-amerikanischen Kunstsammlern angetan. Am 18. Oktober 1921 erwerben sie in London das Werk des englischen Künstlers zusammen mit zwei Gemälden von Rembrandt zu einem Preis, der Normalsterbliche erbleichen läßt. Nun können sie die Bilder auch angucken, wenn die Museen geschlossen haben.

Rekorde 1900–1909

400 m: Maxey Long (USA) – 47,8 sec (1900)
Weitsprung: Peter O' Connor (IRL) – 7,61 m (1901)
Stabhochsprung: Walter Dray (USA) – 3,90 m (1908)
Kugelstoßen: R. Rose (USA) – 15,56 m (1909)

Wetter

Nahe an den Standardwerten liegen die Wetterdaten für den Januar 1908. Die Temperaturen erreichen durchschnittlich –0,1 °C, die Niederschlagsmenge liegt mit 40,3 mm etwas niedriger als der langjährige Monatsschnitt (43 mm).

1909

Montag 25. Januar

Kultur

In Dresdens Königlicher Hofoper kommt die Oper »Elektra« des deutschen Komponisten Richard Strauss zur Uraufführung. Das Premierenpublikum nimmt die Tragödie für Musik mit großem Jubel auf. Das Libretto zu der Oper stammt von Hugo von Hofmannsthal.

Die Niagarafälle sind gerettet: Gegen die Gefahr des Austrocknens durch die Wasserentnahme der Farmer schließen die USA und Kanada ein Abkommen, das die Entnahme einschränkt.

Politik

Im preußischen Abgeordnetenhaus wird heute heftig und zum Teil in recht scharfem Ton debattiert. Auf der Tagesordnung steht das Dreiklassenwahlrecht. Abgeordnete der Sozialdemokraten wollen eine grundlegende Reform durchsetzen, weil sie durch das ungleiche Wahlrecht am meisten benachteiligt sind. Beim Dreiklassenwahlrecht haben die Stimmen der Reichen weitaus mehr Gewicht als die der Arbeiter, zumeist SPD-Wähler.

Wetter

Zunächst relativ mild und niederschlagsarm ist der Januar in diesem Jahr. Mitte des Monats fallen die Temperaturen jedoch auf bis zu –1,5 °C und es gibt reichlich Schnee.

1910–1919

Highlights des Jahrzehnts

1910

- Georg V. wird nach dem Tod Eduards VII. britischer König
- Der Halleysche Komet passiert die Erde
- Bürgerliche Revolution beendet Monarchie in Portugal
- Wassily Kandinsky begründet die abstrakte Malerei
- Sieg des Schwarzen Jack Johnson bei Box-WM

1911

- Bürgerkrieg in Mexiko
- »Panthersprung nach Agadir« löst Zweite Marokkokrise aus
- Militärputsch leitet chinesische Revolution ein
- Roald Amundsen gewinnt den Wettlauf zum Südpol

1912

- Erster Balkankrieg
- Woodrow Wilson wird 28. US-Präsident
- Untergang der »Titanic«
- Büste der ägyptischen Königin Nofretete gefunden

1913

- Zweiter Balkankrieg
- Niels Bohr entwirft neues Atommodell
- Größter Bahnhof der Welt (Grand Central Station) in New York eingeweiht

1914

- Österreichs Thronfolger in Sarajevo ermordet
- Ausbruch des Ersten Weltkrieges
- Eröffnung des Panamakanals

1915

- Stellungskrieg im Westen
- Beginn der Ostoffensive
- Charlie Chaplin wird mit »Der Tramp« Star des US-Kinos
- Versenkung der »Lusitania« durch ein deutsches U-Boot

1916

- Schlacht um Verdun
- Osteraufstand in Irland niedergeschlagen
- Seeschlacht vor dem Skagerrak
- Der österreichische Kaiser Franz Joseph I. stirbt
- Rasputin ermordet

1917

- Beginn des uneingeschränkten U-Boot-Krieges
- Zar Nikolaus II. dankt ab
- Oktoberrevolution in Rußland

1918

- US-Präsident Wilson verkündet 14-Punkte-Programm zur Beendigung des Krieges
- Russische Zarenfamilie ermordet
- Waffenstillstand von Compiègne beendet Ersten Weltkrieg
- Novemberrevolution: Kaiser Wilhelm II. dankt ab, Philipp Scheidemann ruft die deutsche Republik aus

1919

- Spartakusaufstand niedergeschlagen
- Rosa Luxemburg und Karl Liebknecht ermordet
- Friedrich Ebert erster Reichspräsident
- Versailler Vertrag

◀ **Schöne Spionin in deutschem Auftrag: Mata Hari wird 1917 erschossen**

Dienstag 25. Januar

Gesellschaft

In einem offenen Brief beschuldigt der Generaldirektor der Prager Eisenindustrie-Gesellschaft, Kestranek, den österreichischen Finanzminister Leo Ritter von Bilinski. Dieser soll seine Gesellschaft mit unhaltbaren Steuerforderungen »schikaniert« haben. Und das nur, weil der Schwager des Ministers nicht in den Verwaltungsrat aufgenommen worden war.

Stars der Jahre
1910–1919

David Wark Griffith
Filmregisseur
Mary Pickford
Filmschauspielerin
Enrico Caruso
Sänger
Douglas Fairbanks
Filmschauspieler
Charlie Chaplin
Filmschauspieler

Kultur

Zur Eröffnung einer Ausstellung in Berlin haben sich zahlreiche Gäste eingefunden. Es werden Werke des französischen Rokoko gezeigt. Der von »Rocaille« (Muschelwerk) abgeleitete Dekorationsstil ist als Reaktion auf die Staatskunst von Ludwig XIV. um 1730 in Paris entstanden.

Wetter

Die seit Wochen anhaltende milde Witterung beherrscht auch den Januar 1910. Die Durchschnittstemperatur von 2,5 °C liegt weit über dem langjährigen Mittelwert (–0,4 °C). Die Dauerniederschläge des Dezember klingen allmählich ab.

Mittwoch 25. Januar

Gesellschaft

Die Verinnerlichung der Volksfrömmigkeit ist Papst Pius X. oberstes Gebot. So schreitet er sowohl in Frankreich wie in Deutschland gegen die christlich-demokratische Reformbewegung ein. In einem Schreiben an die Fuldaer Bischofskonferenz läßt er verlautbaren, daß katholische Theologen, die den Antimodernisteneid nicht leisten würden, zu den Kirchengegnern zu rechnen sind. Die Modernisten in der Kirche wollen eine offenere Haltung der Katholiken zur Wissenschaft und zu sozialen Fragen erreichen. Pius X. hat sie praktisch mit dem Bann belegt und will sie aus der Kirche drängen.

Gesellschaft

Wegen der Pest, die in Nordchina grassiert, ordnen die Behörden in dem deutschen Pachtgebiet Kiautschou die Schließung der Grenzen an. Als sei's nicht genug, bricht 1911 auch noch die Revolution gegen die kaiserliche Regierung in Peking aus. Das Reich der Mitte wird Republik.

Wetter

Nach einem sehr milden Winterbeginn (3,0 °C im Dezember) fallen die Temperaturen im Januar 1911 doch noch auf durchschnittlich 1,0 °C. Für Kinder und Wintersportler Hoffnung auf Schnee und Eis.

Donnerstag 25. Januar

Kultur

Eine Oden-Sammlung des Dichters Gabriele D'Annunzio fällt in Mailand der Polizei in die Hände. Die Beamten beschlagnahmen das Werk, weil der wortgewaltige italienische Dichter darin angeblich Verleumdungen gegen den österreichischen Kaiser Franz Joseph I. versammelt haben soll. Österreich-Ungarn und Italien sind verbündet.

Politik

Die Stichwahl beendet definitiv die letzten Reichstagswahlen vor dem Ersten Weltkrieg. Das Ergebnis ist eine Sensation: Die Sozialdemokraten sind erstmals die stärkste Fraktion in Deutschlands Parlament, obwohl sie vom Wahlrecht soweit zulässig behindert werden. Nach dem Krieg 1918 bilden sie die erste SPD-Regierung in der entstehenden Weimarer Republik.

Rekorde 1910–1919

Schwimmen: H. Hebner (USA) – 1:20,8 min/100 m Rücken (1912)
100 m: Nina Popowa (RUS) – 13,1 sec (1913)
Hochsprung: C. Larson (USA) – 2,03 m (1917)
Speerwerfen: Jonni Myyrä (FIN) – 66,10 m (1919)

Wetter

Sturm und Regen bestimmen zunächst den Januar 1912 bei recht milden Temperaturen. In den letzten Tagen des Monats kühlt es jedoch plötzlich ab.

Samstag 25. Januar

Politik

Nicht nur in Deutschland protestieren zahlreiche Menschen gegen das Dreiklassenwahlrecht. In Ungarn hat die Regierung am 1. Januar 1913 sogar eine Einteilung nach vier Klassen vorgeschlagen, nach Bildung und Einkommen. Auf einer heute in Budapest stattfindenden Versammlung befürworten 296 sozialdemokratische Vertrauensmänner einstimmig den politischen Massenstreik gegen den Reformentwurf der Regierung.

Ein Bundestrainer soll nicht angestellt werden, beschließt der Deutsche Fußball-Bund auf seiner Kasseler Tagung. Dafür will der DFB aber in den Kolonien die wichtigste aller Sportarten durch neue Vereine verbreiten.

Gesellschaft

Das preußische Wohnungsgesetz soll eine neue Fassung erhalten, wie heute in Berlin bekanntgegeben wird. Kaiser Wilhelm II. persönlich kümmert sich um die Anlage neuer Mietshäuser in den überfüllten Städten. Der »Wilhelminische Ausbau« läuft seit der Jahrhundertwende.

Wetter

Kalt präsentiert sich der Januar 1913, aber mit 21 mm Niederschlägen auch außergewöhnlich trocken. Der Standardwert für den Monat liegt mit 43 mm mehr als doppelt so hoch.

Sonntag 25. Januar

Politik

Die Unterzeichnung einer Militärkonvention soll die Interessensphären des Osmanischen Reichs und Bulgariens in Südosteuropa abgrenzen. Beide Staaten waren 1912/13 in den Balkankriegen noch Gegner, als eine Koalition der Balkanländer die Türken fast ganz aus Europa verdrängte. Im bald ausbrechenden Ersten Weltkrieg sind der osmanische Sultan und Bulgarien Verbündete auf seiten Deutschlands und Österreich-Ungarns.

Sport

Mit ihrem vierten Platz ist die Deutsche Thea Frenssen einigermaßen zufrieden. Auf einen viel besseren Platz hatte sie eigentlich gar nicht gesetzt. Auf dem Siegertreppchen bei den Weltmeisterschaften im Eiskunstlaufen im schweizerischen Sankt Moritz steht die Budapesterin Opika von Méray Horváth ganz oben, die ihren Titel verteidigen konnte. Das Paarlaufen gewinnen die Finnen Ludowika Eilers-Jakobson und Walter Jakobson.

Wetter

Nach Rekordniederschlägen zum Jahreswechsel beruhigt sich die Wetterlage im Januar 1914 allmählich. Allerdings wird es mit durchschnittlich –1,7 °C empfindlich kalt.

Montag 25. Januar

Gesellschaft

Die Bevorratung mit Dauerfleisch wird den deutschen Städten von der Reichsregierung zur Auflage gemacht. Damit soll die Wurstversorgung der Bevölkerung im laufenden Ersten Weltkrieg gewährleistet bleiben. Deutschland ist nur auf einen kurzen Krieg eingestellt, doch mittlerweile hält der Kampf gegen Großbritannien, Frankreich und Rußland bereits sechs Monate an. Es kommt zu Versorgungsengpässen und ersten drastischen Maßnahmen. So wird heute auch Getreide beschlagnahmt, um Mehl und Brot gerecht zu verteilen. Hunger droht: Bis November 1918, als der Erste Weltkrieg endlich endet, sind 700 000 Deutsche verhungert.

Technik

Eine technische Meisterleistung ermöglicht künftig, zwischen New York und San Francisco zu telefonieren. Heute wird in den USA die weltweit erste transkontinentale Fernsprechverbindung in Betrieb genommen.

Wetter

Die milde Witterung im Januar 1915 schließt nahtlos an den zu warmen Dezember an. Das Thermometer zeigt Werte um 0,9 °C, das sind 1,3 Grad mehr als üblich.

Dienstag 25. Januar

Gesellschaft

Eine bessere Verteilung der Kartoffeln fordert der Deutsche Städtetag. Trotz der ausgezeichneten Ernte von 1915 in Höhe von 54 Millionen Tonnen gibt es im Winter in den Geschäften kaum noch Kartoffeln zu kaufen. Da der Kartoffelbestand nicht beschlagnahmt worden ist, haben die Bauern Kartoffeln in großen Mengen zur Viehfütterung verwendet sowie an Stärkefabriken und Schnapsbrennereien verkauft.

Die Herrenkleidung wird sportlicher. Dazu gehört der weiche Hut

Gesellschaft

An der Aufarbeitung des Krieges ist die kriegsgeschichtliche Sammelstelle des 9. Armeekorps in Hamburg interessiert. In einem Aufruf bittet sie um Einsendung von Feldpost und Tagebüchern, um nach dem Krieg das Kampfgeschehen an allen Fronten umfassend darstellen zu können.

Wetter

Dauerniederschläge sorgen im Januar 1916 für trübe Aussichten. Mit 100 mm schlägt dieser Monat alle Rekorde; normalerweise fallen 43 mm.

Donnerstag 25. Januar

Politik

Auf die belgischen Kolonien erhebt Großbritannien nach dem Ersten Weltkrieg keinen Anspruch. In einer Nachricht an die belgische Regierung versichern die Briten, daß die Kolonien bei Friedensverhandlungen gesichert bleiben. Franzosen und Briten haben in der Vorkriegszeit Interesse an belgischem Gebiet gezeigt, besonders am Kongo.

Gesellschaft

Reichlich mit Geld eingedeckt hat sich Margarethe Kupfer, allerdings auf illegalem Weg durch Urkundenfälschung. Heute wird der Prozeß gegen die Betrügerin vor dem Amtsgericht in Berlin eröffnet. Dabei steht ihre Ehre auf dem Spiel, denn die Staatsanwaltschaft plädiert auf zehnjährigen Ehrverlust. Am 4. Juli endet der Prozeß »nur« mit einer Haftstrafe.

Das praktische Sportkleid für die Jagd und für Bergtouren

Wetter

Grimmiger Frost und anhaltende Schneefälle bestimmen den Januar 1917. Die Durchschnittstemperatur von –1,9 °C liegt erheblich unter dem langjährigen Mittelwert von –0,4 °C.

Freitag 25. Januar

Politik

Die »Russische Sowjetrepublik« gründet der III. Allrussische Kongreß der Arbeiter- und Soldatendeputierten. Der Allrussische Kongreß ist eine insgesamt willfährige Institution für Wladimir I. Lenin, der mit seinen Bolschewiki vor fast drei Monaten in der Oktoberrevolution gesiegt hat. Die Versammlung der Revolutionäre tagt seit dem 23. Januar in Petrograd, das ab 1924 Leningrad heißen wird. Am 18. Januar ließen die kommunistischen Revolutionäre die im November gewählte Verfassunggebende Versammlung auflösen, weil in ihr starke sozialdemokratische Kräfte vertreten waren. Der Sieg der Kommunisten ist aber noch nicht endgültig, denn seit einer Woche ist der russische Bürgerkrieg im Gange. Er endet erst 1920 mit der Niederlage der Konterrevolutionäre. 1922 entsteht die Sowjetunion, der erste kommunistische Staat der Welt.

Preise in den Jahren 1910–1919

1 kg Butter	2,74
1 kg Mehl	1,90
1 kg Fleisch	3,00
1 Ei	0,13
1 l Vollmilch	0,25
10 kg Kartoffeln	3,30
Stundenlohn	0,66

in Mark, Stand 1913

Wetter

Ein harter Winter hatte sich im Dezember angekündigt. Im Januar 1918 bleiben die Temperaturen jedoch relativ normal. Mit 0,5 °C liegt die Durchschnittstemperatur über dem langjährigen Mittel von –0,4 °C.

Samstag 25. Januar

Politik

Auf einem Kongreß in Braunschweig wird eine »Nordwestdeutsche Bundesrepublik« gegründet. Sowohl nach dem Ersten wie nach dem Zweiten Weltkrieg gibt es in Deutschland starke Kräfte, die eigenständige Staaten aus Teilen des Deutschen Reiches zu bilden versuchen. Besonders Frankreich unterstützt jeweils diese Separatisten, um den »Erzfeind« zu schwächen.

Die katholischen Kirchenväter hätten es lieber gesehen, wenn der Religionsunterricht an den bayerischen Schulen zum Pflichtfach geworden wäre. Doch einer Verordnung des Kultusministeriums zufolge sollen die Schüler den Religionsunterricht frei wählen dürfen – Eisners linke Regierung macht's möglich.

Kultur

Uraufgeführt wird im Kleinen Theater in Berlin das Schauspiel »Tabula rasa«. Autor Carl Sternheim analysiert darin das Verhalten eines Wohlstandsbürgers während der wilhelminischen Epoche. Neben weiteren Komödien wie »Die Hose« (1911) oder »Bürger Schippel« (1913) gehört das Stück zum Dramenzyklus »Aus dem bürgerlichen Heldenleben«.

Wetter

Recht mild ist der Januar 1919. Das Thermometer zeigt gelegentlich schon Werte deutlich über 1 °C.

1920-1929

Highlights des Jahrzehnts

1920

- Prohibition: Alkoholverbot in den USA
- NSDAP verabschiedet ihr Programm
- Kapp-Putsch scheitert
- Erstmals Salzburger Festspiele

1921

- Alliierte besetzen das Rheinland
- Hitler wird NSDAP-Vorsitzender
- Hormon Insulin entdeckt
- Rudolph Valentino wird Frauenidol
- Vertrag von Sèvres bedeutet Ende des Osmanischen Reichs

1922

- Hungersnot in Rußland
- »Deutschlandlied« wird zur Nationalhymne erklärt
- Mussolinis Marsch auf Rom
- Gründung der UdSSR
- Grab des Tutanchamun entdeckt
- Deutsch-russische Annäherung durch Vertrag von Rapallo
- Gründung der BBC
- Johnny Weissmuller stellt über 100 m Kraul den ersten seiner 67 Weltrekorde auf (58,6 sec)

1923

- Franzosen besetzen Ruhrgebiet
- Hitlers Putschversuch scheitert
- Währungsreform beendet Inflation im Deutschen Reich
- Die Türkei wird Republik

1924

- Erstmals Olympische Winterspiele
- Revolutionsführer Lenin stirbt
- Dawes-Plan lockert finanzielle Zwänge für Deutschland
- VIII.Olympische Spiele: Läufer Paavo Nurmi gewinnt 5 Goldmedaillen

1925

- Einparteiendiktatur in Italien
- Neugründung der NSDAP
- Hindenburg wird nach dem Tod Eberts Reichspräsident
- Europäische Entspannung durch Locarno-Pakt
- Joséphine Baker wird im Bananenröckchen zum Weltstar

1926

- Japans Kaiser Hirohito besteigt den Thron
- Militärputsch Pilsudskis in Polen
- Walt Disneys Mickey Mouse erblickt das Licht der Welt
- Deutschland im Völkerbund

1927

- Stalin entmachtet politische Gegner
- Charles Lindbergh überfliegt den Atlantik
- Uraufführung des Films »Metropolis« von Fritz Lang

1928

- Briand-Kellogg-Pakt zur Kriegsächtung unterzeichnet
- Alexander Fleming entdeckt das Penicillin
- »Dreigroschenoper« von Brecht und Weill uraufgeführt
- Erste Transatlantik-Fluglinie

1929

- Youngplan regelt Reparationen
- »Schwarzer Freitag« in New York löst Weltwirtschaftskrise aus
- Erste Oscar-Verleihung in Hollywood
- Antikriegs-Roman »Im Westen nichts Neues« von Erich Maria Remarque

◀ **Lebenslust pur: Joséphine Baker, Sinnbild der »wilden« 20er**

1920

Sonntag 25. Januar

Politik

Zum ersten Mal in der Geschichte Ungarns werden allgemeine und geheime Wahlen ausgerichtet. Die gewählte Nationalversammlung erhebt am 1. März den rechtsextremen Miklós Horthy zum »Reichsverweser«. Er bestimmt in diktatorischer Manier die Geschicke Ungarns bis 1944 und sympathisiert mit den faschistischen Ländern Italien und Deutschland.

Rekorde in den 20er Jahren

Schwimmen: J. Weissmuller (USA) – 58,6 sec/ 100 m Freistil (1922)
10 000 m: P. Nurmi (FIN) – 30:06,1 min (1924)
1500 m: O. Peltzer (GER) – 3:51,0 min (1926)
Kugelstoßen: Emil Hirschfeld (GER) – 16,04 m (1928)

Kultur

Der Film »Satanas« erlebt in Berlin seine Uraufführung. Der deutsche Regisseur Friedrich Wilhelm Murnau hat den Streifen nach einem Buch von Robert Wiene gedreht. Die Hauptrollen spielen Conrad Veidt und Fritz Kortner. Murnau versteht es glänzend, mit der Kamera umzugehen. Seine Lichteffekte nimmt sich die amerikanische »Schwarze Serie« zum Vorbild.

Wetter

Noch etwas wärmer als im Vorjahr ist der Januar diesmal – mit durchschnittlich 2,0 °C.

Dienstag 25. Januar

Gesellschaft

Die Kirche, aber auch zahlreiche britische Ärzte leisten erbitterten Widerstand. Doch Marie Stopes läßt sich nicht davon abhalten, heute eine Klinik für Geburtenkontrolle in London zu eröffnen, um besonders Frauen die »folgenlose« Sexualität zu ermöglichen. Sie ist der Meinung, daß es kein unterschiedliches sexuelles Verlangen zwischen den Geschlechtern gibt, sondern daß weibliche Bedürfnisse bislang nur unterdrückt wurden.

Politik

Die deutsche Justiz gerät ins Kreuzfeuer. Bei Beratungen über den Justizetat, die heute im Reichstag in Berlin stattfinden, belegt der sozialdemokratische Abgeordnete Gustav Radbruch die deutsche Justiz mit dem Vorwurf, sie würde rechte und linke politische Straftaten ungleich beurteilen. Als Beispiel nennt er die ungesühnten Morde an Rosa Luxemburg und Karl Liebknecht, die 1920 von Soldaten umgebracht worden sind.

Wetter

Der Winter verabschiedet sich 1921 scheinbar schon im Januar. Das Thermometer steigt auf ungewöhnlich hohe Temperaturen um 5 °C, die von häufigen Niederschlägen begleitet werden.

Mittwoch 25. Januar

Gesellschaft

Vor einem interessierten Auditorium berichtet der Polarforscher und norwegische Diplomat Fridtjof Nansen, der in diesem Jahr den Friedensnobelpreis erhält, über den Einsatz internationaler Hilfsorganisationen, die in den Hungergebieten Sowjetrußlands arbeiten. Nansen, der von 1893 bis 1896 eine spektakuläre Nordpolexpedition unternommen hat, setzt sich auch für Kriegsgefangene und Flüchtlinge des Ersten Weltkrieges ein.

Gesellschaft

Im »Berliner Tageblatt« erscheint eine Erklärung des Postministeriums, die Staatssekretär Hans Bredow verteidigt. Er soll angeblich antisemitische Äußerungen gemacht haben. Bredow ist der »Vater« des deutschen Rundfunks. Er gründet 1923 den ersten öffentlichen Rundfunksender und übernimmt als Reichsfunkkommissar ab 1926 die Internationalisierung des deutschen Radios. Als Hitler an die Macht kommt, tritt er zurück.

Wetter

Grimmiges Winterwetter beherrscht zum ersten Mal seit Jahren wieder den Januar. Die Temperaturen sinken auf durchschnittlich –3,5 °C; der langjährige Mittelwert liegt bei –0,4 °C.

Donnerstag 25. Januar

Politik

Die »Prawda« veröffentlicht einen Artikel Lenins mit der Überschrift »Wie wir die Arbeiter- und Bauerninspektion reorganisieren sollen«. Darin schlägt Lenin Schritte für eine Reform der sowjetischen Bürokratie vor. Nach der Oktoberrevolution war der Jurist zum Vorsitzenden der Volkskommissare und damit zum Regierungs- und Staatschef gewählt worden. Seit seinen Schlaganfällen 1922 ist Lenin nur noch bedingt handlungsfähig, er stirbt 1924.

Politik

In einem heute veröffentlichten Manifest kritisiert die britische Labour Party die konservative Regierung. Den Angriff auf ihre Politik handeln sich die Konservativen ein, weil sie die französische Besetzung und Plünderung des deutschen Ruhrgebiets ohne weiteres dulden.

Preise in den 20er Jahren

1 kg Butter	3,60
1 kg Mehl	0,50
1 kg Fleisch	2,50
1 Ei	0,20
10 kg Kartoffeln	0,80
Stundenlohn	0,93

in RM, Stand 1926
(ohne Inflationsjahre)

Wetter

Angenehm mild ist das Wetter im Januar 1923. Die Durchschnittstemperatur beträgt 2,2 °C. Sonnige Tage wechseln sich mit relativ häufigen Niederschlägen ab.

Freitag 25. Januar

Sport

Knapp 300 Sportler, darunter 13 Frauen, das ist das Aufgebot von 16 Nationen, die an den Ersten Olympischen Winterspielen in den französischen Alpen teilnehmen. Im Kurort Chamonix-Mont-Blanc wird heute zur Eröffnung der vom Internationalen Olympischen Komitee veranstalteten »Internationalen Wintersportwoche« geblasen. Erst nach ihrem erfolgreichen Abschluß erhalten die Wettkämpfe, die bis zum 4. Februar dauern und als Probe gelten, den Titel »I. Olympische Winterspiele«. Aerodynamische Kleidung ist natürlich noch unbekannt, und die tollkühnen Fahrten werden noch per Hand gestoppt.

Politik

Die Kleine Entente, das nach dem Ersten Weltkrieg entstandene Bündnissystem im Osten Europas, erhält Verstärkung. Regierungsvertreter aus Frankreich und der Tschechoslowakei schließen in Paris einen Bündnis- und Freundschaftsvertrag ab. Damit soll das wiedererstarkende Deutsche Reich in seine Grenzen verwiesen werden.

Wetter

Mit strengem Frost und niedrigen Temperaturen um –3,2 °C präsentiert sich der Januar.

Sonntag 25. Januar

Kultur

In Anwesenheit von Regierungsvertretern wird in Luxor das Grab des altägyptischen Königs Tutanchamun wieder geöffnet. Es war vor elf Monaten während der Ausgrabungsarbeiten geschlossen worden, weil der britische Archäologe Howard Carter, der das Pharaonengrab 1922 im Tal der Könige entdeckt hatte, sich mit der ägyptischen Regierung um Konzessionen gestritten hat. Nun kann Carter die Arbeiten an der über 3000 Jahre alten Grabstätte weiterführen. Im Oktober wird der mit Königsinsignien geschmückte Sarg des Pharaos geöffnet, der aus purem Gold besteht.

Gesellschaft

Zu einer Kundgebung reisen Landwirte und Winzer aus den mittelrheinischen Gebieten nach Mainz an. Auf der Versammlung stellen sie Forderungen zur Förderung der Agrarwirtschaft auf. So sollen wieder, wie früher im Kaiserreich, Schutzzölle die Erzeugnisse der deutschen Landwirtschaft im Inlandsmarkt bevorteilen.

Wetter

Das Thermometer fällt im Januar auf Tiefstwerte um –3,2 °C. Das frostige Wetter wird von häufigen Schneefällen begleitet.

Montag 25. Januar

Technik

Mit seiner Relativitätstheorie will der deutsche Physiker Albert Einstein Studenten und Interessierte bekannt machen. Er spricht heute in Berlin im Auditorium Maximum der Friedrich-Wilhelms-Universität. Nobelpreisträger Einstein hat 1905 und 1916 seine Thesen veröffentlicht, die die Physik und das Weltbild revolutionieren.

Tiefe Taille und schmale Silhouette: Mode im Zeichen des Art déco

Kultur

Vor genau einem Jahr ist in Berlin mit den Umbauarbeiten für ein neues Premieren-Filmtheater begonnen worden. Nun ist der »Gloria-Palast« fertiggestellt, und die Einweihung erfolgt mit einer grandiosen Party. Zur Eröffnung des Kinos, das nun 1600 Zuschauer faßt, wird der Stummfilm »Tartüff«, den Friedrich Wilhelm Murnau 1925 drehte, vorgeführt.

Wetter

Nach zwei ungewöhnlich kalten Wintern hält sich Väterchen Frost im Januar 1926 etwas zurück. Die Werte um –0,2 °C liegen knapp über dem langjährigen Mittel (–0,4 °C).

Dienstag 25. Januar

Politik

Leben und Eigentum der in China lebenden Amerikaner stellt die US-Regierung in einem Schreiben an die chinesische Regierung unter Schutz. Der Bürgerkrieg zwischen den Kommunisten Mao Tse-tungs und der Kuomintang-Regierung unter Chiang Kai-shek ist soeben ausgebrochen. Mit Unterbrechungen dauert er bis 1949.

Kultur

Nachdem gestern die Filmuraufführung von »Liebe« (Regie: Paul Czinner) im Berliner Capitol erfolgreich abgelaufen ist, sind heute alle Vorstellungen ausverkauft. Jeder will Elisabeth Bergner in der Hauptrolle erleben. Die Bergner, die ihre erste große Filmrolle in Czinners Stummfilm »Nju« erhalten hat, feiert seit 1921 in den Filmen ihres späteren Ehemannes beachtliche Erfolge.

Vornehm und doch lässig: Burberry aus imprägniertem Baumwollstoff

Wetter

Recht mild ist der Januar 1927. Es herrschen Temperaturen, die mit durchschnittlich 2,3 °C weit über dem langjährigen Mittelwert liegen (–0,4 °C). Es gibt relativ häufig Niederschläge.

Mittwoch 25. Januar

Gesellschaft

Unerwartet gnädig ist das Urteil eines Gerichts in Istanbul. Die unter Anklage stehenden türkischen Kommunisten kommen mit kurzen Haftstrafen davon. Der milde Spruch wird vom Publikum im Gericht mit Beifall versehen. Staatspräsident Atatürk steht ansonsten für härteste Strafen gegen angebliche Umstürzler.

Kultur

Die Uraufführung des Films »Alraune« von Henrik Galeen ist heute in Berlin zu sehen. Die Hauptrolle ist mit Brigitte Helm besetzt. Die deutsche Schauspielerin ist seit 1925 einem breiteren Publikum bekannt, als sie im Filmklassiker »Metropolis« von Fritz Lang in ihrer ersten Rolle brillierte. Danach hat sie einen Zehnjahresvertrag mit der Ufa erhalten.

Stars der 20er Jahre

Buster Keaton
Filmschauspieler
Johnny Weissmuller
Schwimmer
Rudolph Valentino
Filmschauspieler
Joséphine Baker
Tänzerin
Charles Lindbergh
Flieger

Wetter

Mit klirrender Kälte war das Jahr 1927 zu Ende gegangen. Dagegen herrschen im Januar vergleichsweise angenehme Temperaturen um 1,3 °C, die deutlich über dem langjährigen Mittelwert (–0,4 °C) liegen.

1929

Freitag 25. Januar

Politik

Reichsaußenminister Gustav Stresemann legt dem Auswärtigen Ausschuß des Reichstags einen Bericht über die Tagung des Völkerbundrats in Lugano im Dezember 1928 vor. Am Rande der Konferenz war beschlossen worden, die deutschen Wiedergutmachungszahlungen für den Ersten Weltkrieg neu zu regeln. Die Zahlungen sollen bis 1988 laufen – werden aber schon im Jahr 1932 wegen der Weltwirtschaftskrise eingestellt.

Das große Sparen ist in Kaiserslautern angesagt. Kurzerhand wird der Posten des Theaterintendanten gestrichen. Außerdem verkürzt die Stadt zum Leidwesen begeisterter Theaterbesucher die jährliche Spielzeit.

Politik

Ein Schlichtungsabkommen zur friedlichen Beilegung von Streitfällen unterzeichnen Vertreter Deutschlands und der UdSSR in Moskau. Die beiden Länder unterhalten ausgezeichnete Beziehungen und arbeiten unter strengster Geheimhaltung auch militärisch zusammen.

Wetter

Ein Rekordwinter bahnt sich Anfang 1929 an. Die Januartemperaturen fallen zum ersten Mal seit Jahrzehnten auf durchschnittlich –4,4 °C. Sie sorgen für Dauerfrost und heftige Schneefälle.

1930–1939

Highlights des Jahrzehnts

1930

- Mahatma Gandhi startet Salzmarsch
- Marlene Dietrich avanciert im Film »Der Blaue Engel« zum Weltstar
- Uruguay wird erster Fußballweltmeister
- Max Schmeling durch Disqualifikationssieg Boxweltmeister im Schwergewicht

1931

- Spanien wird Republik
- Vorführung des Ganzmetallflugzeugs »Ju 52« (»Tante Ju«)
- Empire State Building höchstes Gebäude der Welt
- Mafia-Boß Al Capone hinter Gittern

1932

- Staatsstreich in Preußen
- Wahlsieg der NSDAP
- Chaco-Krieg um Erdöl zwischen Bolivien und Paraguay
- Proklamation des Staates Saudi-Arabien

1933

- Adolf Hitler zum Reichskanzler ernannt
- Reichstagsbrand in Berlin
- Ermächtigungsgesetz in Kraft
- Deutsche Studenten verbrennen »undeutsche« Literatur

1934

- Nationalsozialistischer Volksgerichtshof gegründet
- »Röhm-Putsch« niedergeschlagen
- Mord an Bundeskanzler Dollfuß – Ende der 1. Republik Österreich
- Maos Kommunisten in China auf dem »Langen Marsch«

1935

- Judenverfolgung mit sog. Nürnberger Gesetzen
- Italien marschiert in Äthiopien ein
- Porsche baut Prototyp für VW »Käfer«
- Deutsch-britisches Flottenabkommen

1936

- Beginn des Spanischen Bürgerkriegs
- Volksfrontregierung in Frankreich
- Ausstellung »Entartete Kunst«
- XI. Olympische Spiele in Berlin zur NS-Propaganda genutzt
- Margaret Mitchell veröffentlicht »Vom Winde verweht«
- Schauprozesse in der UdSSR

1937

- Krieg zwischen Japan und China
- Georg VI. in London gekrönt
- Zeppelin LZ »Hindenburg« explodiert in Lakehurst
- Niederländische Kronprinzessin Juliana heiratet Prinz Bernhard

1938

- »Anschluß« Österreichs ans Deutsche Reich
- Münchner Abkommen soll Hitler bezähmen
- Terror gegen Juden in der »Reichskristallnacht«
- Otto Hahn gelingt erste Atomspaltung

1939

- Deutsche Truppen marschieren in Prag ein
- Hitler-Stalin-Pakt
- Beginn des Zweiten Weltkrieges

◀ **Luftige Show: Akrobaten auf dem Empire State Building (1934)**

1930

Samstag 25. Januar

Politik

Im Gran-Chaco-Konflikt zwischen Bolivien und Paraguay fordert der Völkerbund, Vorläufer der UNO, zu Verhandlungen auf. 1932 beginnt ein dreijähriger Krieg zwischen beiden Staaten. Im 1938 geschlossenen Friedensvertrag fällt das umkämpfte Grenzgebiet an Paraguay.

Fünf Mann, das ist einer zuviel im Bob. Das meint jedenfalls der internationale Bobverband und schafft den Fünferbob ab. Dafür sollen alljährlich Weltmeisterschaften im Zweier- und Viererbob stattfinden.

Kultur

Auch wenn das Theaterstück so betitelt ist: »Heute Abend wird« in Königsberg nicht »aus dem Stegreif gespielt«. Die Schauspieler haben sehr wohl etliche Proben hinter sich gebracht, um die heute stattfindende Uraufführung zu einer gelungenen Veranstaltung werden zu lassen. Der Autor des Stückes, der italienische Dichter Luigi Pirandello, versucht zu verdeutlichen, daß das Leben ein Spiel ist, indem er das Theater zum Gegenstand des Theaters macht.

Wetter

Zu warm ist der Januar 1930. Mit durchschnittlichen 2,2 °C steigt das Quecksilber beachtliche 2,6 °C höher, als es der Monatsstandard verlangt.

Sonntag 25. Januar

Politik

Haftstrafen nimmt der indische Freiheitskämpfer Mahatma Gandhi bewußt in Kauf. Im Mai 1930 haben ihn die britischen Kolonialbehörden wieder einmal festgenommen. Ohne Gerichtsverhandlung darf der indische Politiker heute das Gefängnis von Poona verlassen. In Südafrika hat Gandhi die Methode des »Satjagraha« (= unbedingtes Festhalten an der Wahrheit) entwickelt. Seit 1920 Präsident der Indischen Kongreßpartei, setzt er sich für Gewaltlosigkeit, passiven Widerstand und zivilen Ungehorsam ein. 1947 erreicht er sein Ziel, die indische Unabhängigkeit.

Sport

Die Europameisterschaften im Eiskunstlaufen, die in diesem Jahr in Wien ausgetragen werden, gewinnt der hier geborene Karl Schäfer zum dritten Mal in Folge. Bei der III. Winterolympiade in Lake Placid im Februar 1932 holt der Österreicher eine Goldmedaille.

Wetter

Knapp über dem Gefrierpunkt bewegen sich die Temperaturen in diesem Januar. Die wenig spektakuläre Witterung wird von anhaltenden Schnee- und Regenschauern begleitet.

Montag 25. Januar

Gesellschaft

Bei Ausgrabungen in Ägypten machen britische Archäologen einen sensationellen Fund. Sie entdecken Abschriften von Texten des Alten und Neuen Testaments. Die Fundstücke werden auf das 2. bis 4. Jahrhundert datiert. Alte Schriftrollen versetzen Bibelforscher immer in helle Aufregung: Das Buch der Bücher ist über die Jahrhunderte verfälscht worden. Alte Texte versprechen Klärung.

Kultur

Solist der Uraufführung der 2. Rhapsodie für Violine und Orchester von Béla Bartók ist der 29jährige ungarische Violinist Zoltán Székely. Das Werk ist vom Amsterdamer Concertgebouw Orchester unter der Leitung von Pierre Monteux einstudiert worden. Bartók, der durch seine Untersuchungen zur Volksmusik neue Kompositionstechniken fand, arbeitet zur Zeit am »Mikrokosmos«, einem bis 1937 153 Klavierstücke umfassenden pianistischen Lehrwerk.

Wetter

Recht mild zeigt sich der Januar 1932. Das Thermometer erreicht durchschnittlich 1,7 °C. Die Temperaturen liegen damit weit über dem langjährigen Mittel von –0,4 °C.

Mittwoch 25. Januar

Gesellschaft

Eine Fernsehstation unterhält die Universität Iowa, die heute mit der Ausstrahlung eines Bildungsprogrammes beginnt. Mit wachsendem Interesse verfolgen die »Fernsehstudenten« die regelmäßig übertragenen Sendungen, in denen Lehrkörper der unterschiedlichsten Fachrichtungen ihre Vorlesungen abhalten. Während der sechsjährigen Versuchszeit nimmt die Zahl der Zuhörer stetig zu. Das kommerzielle Fernsehen für jedermann geht in Amerika 1945 auf Sendung. Die USA werden das erste Fernsehland der Welt. 1953 haben 65% aller Haushalte einen Fernseher.

Politik

Auf einer Versammlung der Moskauer Garnison legt der Volkskommissar für das Heerwesen, Kliment J. Woroschilow, Zahlen vor, wonach der aktive Teil der Roten Armee mittlerweile bereits zu 59% aus Mitgliedern der KPdSU oder Jungkommunisten besteht. Stalin freut's.

Wetter

Ein frostiger Januar mit durchschnittlich –3,3 °C folgt den milden Wintern der letzten Jahre. Als Trostpflaster für die Minustemperaturen überwiegen die Sonnentage. Es fallen kaum Niederschläge.

Donnerstag 25. Januar

Politik

Noch einmal geht es um die Reparationen, also die Gelder, die Deutschland als Wiedergutmachung des Ersten Weltkriegs an seine früheren Kriegsgegner zahlen soll. Heute beginnen in Berlin internationale Verhandlungen über die zukünftigen Zahlungen, denn seit 1932 ist Deutschland wegen der Weltwirtschaftskrise zahlungsunfähig. Die Restschuld des Reiches war 1929 im Youngplan auf 112 Mrd. Goldmark in fast fünfzig Jahresraten festgesetzt worden. Hitlerdeutschland kann durchsetzen, daß es nach einmaliger Zahlung von 3 Mrd. Goldmark schuldenfrei ist.

Figurbetonte Eleganz in den 30er Jahren: Kostüm aus Wollstoff mit Lederpaspeln

Politik

Sein Schreibtisch ist bereits mit wichtigen Dokumenten bestückt. Nachdem der Ire Sean Lester gestern in einer feierlichen Zeremonie als neuer Völkerbundskommissar von Danzig begrüßt worden war, beginnt heute der Ernst der Arbeit.

Wetter

Um einiges wärmer als gewöhnlich ist der Januar 1934. Das Thermometer zeigt Werte um 1,2 °C an.

Freitag 25. Januar

Kultur

Die Hagia Sophia, früher Krönungskirche der oströmischen Kaiser, wird in Istanbul als Museum eröffnet. In seiner Festansprache weist der Museumsdirektor auf die byzantinischen Fresken hin, die in mühevoller Kleinarbeit freigelegt worden sind. Deutliche Spuren haben auch die Türken hinterlassen. Seit 1453 diente die christliche Kirche als Moschee.

Gesellschaft

Pausenlose Regenfälle haben den Mississippi über seine Ufer treten lassen. Das Naturschauspiel hat allerdings auch seine Schattenseiten. Durch Überschwemmungen im Oberlauf verlieren 18 000 Menschen in den USA ihr Heim. Außerdem sind im Nordwesten des Landes zehn Städte von der Außenwelt abgeschnitten.

Der Herr liebt es eher klassisch: Sommersakko aus hellem Fischgrät

Wetter

Schnee und Regen sind bei einer mittleren Temperatur von –0,4 °C in diesem Januar vergleichsweise ergiebig. Die Niederschlagsmenge von 56 mm liegt über dem langjährigen Mittel (43 mm).

Samstag 25. Januar

Politik

Reichskanzler Adolf Hitler gibt heute der französischen Zeitung »Paris Soir« ein Interview, in dem er den Anspruch des Deutschen Reichs auf Ausdehnung seines Territoriums klarstellt. Zugleich pocht er auf die Rückgewinnung der deutschen Kolonien. Der »Führer« wird vom Ausland noch nicht recht ernstgenommen; das ändert sich 1939, als Hitler die Tschechoslowakei schluckt.

Ein besonderer Platz wird den Jagdtrophäen des deutschen Reichsjägermeisters Hermann Göring zuteil. An hervorragender Stelle, und zwar in einem eigens eingerichteten Ehrenraum, werden sie auf der Deutschen Jagdausstellung präsentiert, die parallel zur Grünen Woche in Berlin stattfindet.

Kultur

Zahlreiche Glückwunschkarten treffen heute bei Wilhelm Furtwängler ein, und manches Ständchen ertönt ihm zu Ehren. Der deutsche Dirigent begeht heute seinen 50. Geburtstag. Furtwängler ist derzeit international einer der renommiertesten Dirigenten.

Wetter

Angenehm mild ist der Januar 1936. Das Thermometer zeigt Werte um 3,3 °C. Allerdings werden die Sonnentage immer wieder von anhaltenden Niederschlägen unterbrochen.

Montag 25. Januar

Politik

In gleichlautenden Antwortnoten erklären Italien und das Deutsche Reich, daß sie keine Freiwilligen in den Spanischen Bürgerkrieg entsenden werden. Tatsächlich kämpfen seit mindestens zwei Monaten deutsche und italienische Soldaten auf der Seite der rechten »Nationalen«, denen sie bis 1939 zum Sieg gegen die Republikaner verhelfen.

Gesellschaft

Zu verlockend ist es, sich mit preiswerter Winterkleidung einzudecken. Da heißt es für die Schnäppchenjäger früh aufstehen, denn heute beginnt im Deutschen Reich der Winterschlußverkauf. Zwei Wochen lang werden die Waren »verschleudert«. Die Einzelhändler hoffen angesichts des kalten Wetters auf ein gutes Geschäft.

Wetter

Klirrende Kälte und Dauerfrost bestimmen den Januar in diesem Jahr. Die Temperatur sinkt auf durchschnittlich –3 °C, obwohl die Sonnentage überwiegen und deutlich weniger Niederschläge fallen als in den Vorjahren.

Preise in den 30er Jahren

1 kg Butter	2,96
1 kg Mehl	0,47
1 kg Fleisch	1,60
1 l Vollmilch	0,23
1 Ei	0,10
10 kg Kartoffeln	0,90
1 kg Kaffee	5,33
Stundenlohn	0,78

in RM, Stand 1934

Dienstag 25. Januar

Technik

Infolge intensiver Sonnenfleckentätigkeit ist heute ein einmaliges Naturereignis zu beobachten. Zahlreiche Himmelsgucker haben sich auf eine schlaflose Nacht eingestellt. Bis weit in den Süden von Westeuropa ist das Nordlicht zu sehen – ein besonderes Leuchtphänomen, bei dem Intensität, Form und Farbe stark wechseln. Elektrisch geladene Teilchen ionisieren dabei Atome, die sie zum Eigenleuchten bringen.

Stars der 30er Jahre

Louis Armstrong
Trompeter
Marlene Dietrich
Filmschauspielerin
Greta Garbo
Filmschauspielerin
Fred Astaire
Tänzer/Schauspieler
Sonja Henie
Eiskunstläuferin

Politik

Deutsche sind der SS-Willkür schonungsloser denn je ausgeliefert. Das »Schutzhaftgesetz« wird noch einmal verschärft. Praktisch ohne jedes Verfahren dürfen Bürger in die Konzentrationslager verschleppt werden. Noch nicht einmal pro forma gibt es Mittel, sich zu wehren.

Wetter

Naßkalte Witterung bringt der Januar 1938. Das Quecksilber steigt zwar bei einer Durchschnittstemperatur von 1,8 °C weit über den langjährigen Mittelwert (–0,4 °C).

Mittwoch 25. Januar

Politik

In fanatischen Reden im Berliner Sportpalast attackieren der fränkische NS-Gauleiter Julius Streicher und der italienische Staatsminister Roberto Farinacci das Judentum. Ihre Angriffe richten sich auch gegen die angeblich judenfreundliche katholische Kirche. Ähnliches ist einem 14seitigen Zirkular des Auswärtigen Amtes zu entnehmen. Dort heißt es: »Das letzte Ziel der deutschen Judenpolitik ist die Auswanderung aller im Reichsgebiet lebenden Juden.«

Sport

Durch K.o. in der ersten Runde kann der US-Amerikaner Joe Louis seinen Boxweltmeistertitel im Schwergewicht verteidigen. Er schickt im New Yorker Madison Square Garden seinen Landsmann John H. Lewis auf die Bretter.

Rekorde in den 30er Jahren

200 m: J. Carlton (AUS) – 20,6 sec (1932)
Weitsprung: Jesse Owens (USA) – 8,13 m (1935)
Weitsprung: Erika Junghans (GER) – 6,07 m (1939)
400 m: Rudolf Harbig (GER) – 46,0 sec (1939)

Wetter

Von seiner Sonnenseite – trotz relativ häufiger Niederschläge – zeigt sich der Januar 1939. Die Temperaturen bewegen sich um 3,0 °C und liegen damit weit über dem Standard.

1940–1949

Highlights des Jahrzehnts

1940

- Deutscher Luftkrieg gegen Großbritannien
- Beginn der Westoffensive
- Winston Churchill neuer britischer Premierminister

1941

- Schottlandflug von Rudolf Heß
- Deutscher Überfall auf die Sowjetunion
- Japan greift Pearl Harbor an – Kriegseintritt der USA
- »Citizen Kane« von Orson Welles in den Kinos

1942

- Wannsee-Konferenz beschließt Judenvernichtung
- 6. Armee in Stalingrad eingeschlossen
- Beginn alliierter Luftangriffe auf deutsche Städte
- »Casablanca« mit Ingrid Bergman und Humphrey Bogart uraufgeführt

1943

- Goebbels propagiert den »totalen Krieg«
- Ende der Widerstandsgruppe »Weiße Rose«
- Aufstand im Warschauer Ghetto scheitert

1944

- Alliierte landen in der Normandie
- Stauffenberg-Attentat auf Hitler scheitert
- Charles de Gaulle wird Staatschef Frankreichs
- US-Präsident Franklin D. Roosevelt zum dritten Mal wiedergewählt

1945

- KZ Auschwitz befreit
- Bedingungslose Kapitulation Deutschlands
- Vereinte Nationen gegründet
- Beginn der Potsdamer Konferenz
- US-Atombomben zerstören Hiroschima und Nagasaki

1946

- Gründung der SED
- Nürnberger NS-Prozesse
- US-Atombombentests im Südpazifik
- Hilfe durch Care-Pakete aus den USA
- Französischer Kolonialkrieg in Vietnam

1947

- Marshallplan-Hilfe für Europa
- Indien feiert Unabhängigkeit von Großbritannien
- GATT regelt den Welthandel
- Thor Heyerdahls »Kon-Tiki«-Expedition erfolgreich

1948

- Mahatma Gandhi ermordet
- Währungsreform in Ost und West
- UdSSR verhängt Berlin-Blockade
- Staatsgründung Israels
- Korea gespalten
- UNO-Menschenrechtsdeklaration

1949

- Gründung der NATO
- Grundgesetz für die Bundesrepublik Deutschland verkündet
- Konrad Adenauer erster Bundeskanzler
- Proklamation der Deutschen Demokratischen Republik
- Chinesische Revolution

◀ **Charlie Chaplin als »Großer Diktator« (1940)**

Donnerstag 25. Januar

Gesellschaft

Nicht zu viele Flüchtlinge will die Schweiz anziehen. Angesichts der Emigrantenwelle seit Ausbruch des Zweiten Weltkriegs 1939 veröffentlicht der Schweizer Bundesrat eine Stellungnahme, in der darauf hingewiesen wird, daß die Schweiz kein Erwerbsland für Einwanderer darstelle. Sie könne allenfalls eine Durchgangsstation für Menschen sein, die nach Übersee weiterreisen wollten.

Politik

Sein 30jähriges Jubiläum erlebt der japanisch-amerikanische Handelsvertrag aus dem Jahr 1911 nicht mehr. Er erlischt am heutigen Tag. Aus der Wirtschaftskonkurrenz zwischen Japan und Amerika wird 1941 Kriegsgegnerschaft.

Keinesfalls wollen schottische Soldaten auf ihren Kilt verzichten. Und so ruft der heute erlassene Befehl des britischen Kriegsministeriums, der das Tragen des schottischen Kilts in der Armee seiner Majestät ausdrücklich verbietet, erheblichen Protest unter den traditionsbewußten Highlandern aus.

Wetter

Eine einzigartige Kältewelle läßt die Temperaturen auf –40° sinken und sorgt für Dauerfrost und eisige Schneestürme. Die Durchschnittstemperatur für den Januar 1940 erreicht einen sensationellen Wert von –9,6 °C.

Samstag 25. Januar

Politik

Gott gilt ihnen als Symbol des »allmächtigen Baumeisters aller Welten«. Doch nun wird der Allgemeinen Freimaurerloge in den Niederlanden die Erlaubnis entzogen. Die NS-Besatzungsbehören in dem 1940 eroberten Land untersagen weitere Aktivitäten auf humanitärem Gebiet. Die Freimaurer, die sich in sog. Logen organisieren, haben sich vor der deutschen Besetzung um Flüchtlinge aus dem Deutschen Reich gekümmert.

Kultur

In Sofia eröffnet eine Ausstellung die Tore, die den Titel trägt: »Neue Deutsche Baukunst«. Organisiert wurde sie von dem deutschen Architekten Albert Speer, dem »Generalbauinspektor der Reichshauptstadt Berlin«. Speer hat bereits mit gigantischen neoklassizistischen Bauten auf sich aufmerksam gemacht. So ist das NSDAP-Hauptquartier in Berlin 1932 nach seinen Plänen verwirklicht worden.

Wetter

Hoffnungen auf einen milderen Winter als im Vorjahr werden im Januar 1941 enttäuscht. Die Durchschnittstemperatur liegt bei –6,3 °C. Extreme Kälte und Schnee sind die Tagesthemen.

Sonntag 25. Januar

Politik

Das Extravagante an diesem Sommerkleid: der mit Tapeziernägeln besetzte Gürtel

Die Ergebnisse des US-amerikanischen Untersuchungsausschusses über das Geschehen in Pearl Harbor werden der Öffentlichkeit vorgestellt. Japanische Luft- und Seestreitkräfte haben am 7. Dezember 1941 einen Überraschungsangriff auf den Flottenstützpunkt der USA auf Hawaii unternommen. Die meisten Amerikaner unterstützen nun die Kriegspolitik von Präsident Roosevelt, der Japan und Deutschland den Krieg erklärt hat.

Politik

Eine Initiative der schweizerischen Sozialdemokratischen Partei wird verworfen. Die Sozialdemokraten hatten ein Volksbegehren beantragt für eine Erweiterung des Bundesrats durch mehr Mandate. Außerdem forderten sie die Volkswahl des Bundespräsidenten. Doch die Wahlbürger stimmen deutlich dagegen.

Wetter

Wieder rutschen die Temperaturen mit –3,2 C im Schnitt weit unter das langjährige Mittel.

Montag 25. Januar

Politik

Die Kriegswende wird sinnfällig: Der Kessel von Stalingrad, in dem seit November 1942 rund 250 000 deutsche Soldaten eingeschlossen sind, wird in eine Nord- und eine Südhälfte getrennt. Die »Schlacht um Stalingrad« tobt, seit deutsche Truppen die Metropole an der Wolga im letzten Sommer erreicht haben. Am 2. Februar ist alles zu Ende: Die Sowjets nehmen noch 91 000 Deutsche gefangen, der Rest ist gefallen, verhungert, erfroren.

Politik

Gesetzlich verankert der deutsche Reichskanzler Adolf Hitler seine Idee, die Legislaturperiode des bestehenden deutschen Reichstages zu verlängern – bis zum Jahr 1947. Im Parlament sitzen seit 1933 nur noch Nazis; es ist eine reine Absegnungsbehörde für den »Führerwillen«.

Wetter

Die Kältewelle scheint überstanden. Erstmals seit drei Jahren bietet der Januar wieder höhere Temperaturen. Der Durchschnittswert liegt bei 0,6 °C.

Das Modemagazin »Esquire« stellt diese Abendmode für den Herrn vor

Dienstag 25. Januar

Politik

Mit 1,35 Mrd. US-Dollar will die USA die Vereinten Nationen unterstützen. Der heute vom Senat und dem Repräsentantenhaus der Vereinigten Staaten bewilligte Betrag soll der Hilfs- und Wiederaufbauorganisation der Vereinten Nationen zugute kommen. Die UNO entwickelt sich aus der Anti-Hitler-Koalition des laufenden Zweiten Weltkrieges. 51 Staaten unterzeichnen 1945 die UN-Charta.

Politik

Nicht anerkennen wollen die Vereinigten Staaten die neue Regierung in Bolivien, weil die Putschisten als Anhänger Nazideutschlands gelten. Erst als Bolivien im Sommer eindeutig angibt, mit Hitlerdeutschland und seinen Verbündeten in keiner Weise zu kooperieren, erkennt Amerika das neue Regime ebenso an, wie weitere 18 andere Staaten.

Wetter

Ungewöhnlich mild, aber auch besonders feucht ist der Januar in diesem Jahr. Die mittlere Temperatur liegt bei 4,0 °C. Es fallen 71 mm Niederschläge, 28 mm mehr als im langjährigen Durchschnitt. Dementsprechend selten hat die Sonne eine Chance. Sie scheint nur 24 Stunden lang.

Donnerstag 25. Januar

Politik

Auf dem Rückzug befinden sich die General Friedrich Hoßbach unterstellten Einheiten der 4. Armee. Auf eigene Verantwortung hat sich der deutsche General vor drei Tagen entschlossen, die Armee von Ostpreußen nach Westen zurückzuführen. Sein Alleingang kommt ihn allerdings teuer zu stehen. Am 30. Januar erhält er von Adolf Hitler seine Entlassung.

Preise in den 40er Jahren

1 kg Butter	3,50
1 kg Mehl	0,45
1 kg Fleisch	1,60
1 l Vollmilch	0,26
1 Ei	0,12
10 kg Kartoffeln	1,00
1 kg Zucker	0,76
Stundenlohn	0,81

in RM, Stand 1943

Gesellschaft

Die erste neue deutsche Zeitung erscheint in Aachen. Die »Aachener Nachrichten« können unter Aufsicht der französischen Besatzer erscheinen, die Aachen gerade von der NS-Herrschaft befreit haben. In Aachen wird es später auch ein Zeitungsmuseum geben. Die erste überregionale Zeitung erscheint im Sommer in München: Es ist die »Süddeutsche Zeitung«.

Wetter

Tiefer Winter herrscht im Januar 1945 bei durchschnittlich –2,9 °C. Schneefälle und Dauerfrost begleiten das recht kalte Wetter.

Freitag 25. Januar

Gesellschaft

In Frankfurt am Main konstituiert sich ein Frauenausschuß. Als wichtigstes Ziel will er die Gleichberechtigung der Frauen durchsetzen. Außerdem wird ihre Mitwirkung in der Verwaltung und ihre Beteiligung in Berufsvertretungen gefordert. Weiter wird auf gleiches Recht auf Arbeit und gleichen Lohn Wert gelegt. Die Frauen pochen auf mehr Rechte, weil sie in den Kriegsjahren die Stellen ihrer Männer in Wirtschaft und Verwaltung erfolgreich ausgefüllt haben.

Rekorde in den 40er Jahren

5000 m: G. Hägg (SWE) – 13:58,2 min (1942)
Hochsprung: Fanny Blankers-Koen (HOL) – 1,71 m (1943)
Marathon: Suh Yun Bok (KOR) – 2:25:39 h (1947)
Speerwerfen: Natalia Smirnizkaja (URS) – 53,41 m (1949)

Gesellschaft

Mit einer solchen Vehemenz hat die Erde in der Südschweiz schon lange nicht mehr auf sich aufmerksam gemacht. Vor rund 90 Jahren, 1855, war es zum bislang schwersten Erdbeben in der Alpenrepublik gekommen. Heute richten die Erdstöße nur wenig Schaden an Gebäuden an.

Wetter

Unspektakulär mit durchschnittlich –0,8 °C und geringen Niederschlägen bleibt es im Januar 1946.

1947

Samstag 25. Januar

Gesellschaft

Angaben der polnischen Regierung zufolge sind inzwischen 2 091 949 Deutsche aus den Gebieten jenseits von Oder und Neiße ausgesiedelt worden. Ab 1955 gibt es für die Zusammenführung von Familienangehörigen bilaterale Übereinkommen. Danach wird deutschstämmigen Personen die Übersiedlung aus den ehemals deutschen Ostprovinzen und dem osteuropäischen Ausland in die Bundesrepublik gesetzlich gestattet.

Gesellschaft

Gemäß einem Beschluß des nordrhein-westfälischen Landtags soll der Kohlebergbau enteignet werden. Der Vorsatz wird dann allerdings doch nicht durchgeführt.

Wetter

Wer aufgrund der maßvollen Dezembertemperaturen einen milden Winter erwartet hatte, wird im Januar 1947 herb enttäuscht. Es herrscht bittere Kälte. Die Durchschnittstemperatur von –3,3 °C liegt weit unter dem langjährigen Mittelwert für den Monat (–0,4 °C).

Ins Märchenland versetzt fühlen sich Menschen in Hongkong. Erstaunt registrieren sie den goldigen Regen. Beim Absturz eines philippinischen Flugzeugs kommen Goldbarren und Münzen im Wert von einer Million Pfund Sterling auf die Erde herab. Die wertvolle Ladung wird weit verstreut.

Sonntag 25. Januar

Gesellschaft

Eine Entwertung der Zahlungsmittel scheint in Frankreich unumgänglich zu sein. Um den Franc stabilisieren zu können, beschließt die französische Regierung heute, den staatlich festgesetzten Nennwert herabzusetzen. Die französische Währung wird deshalb um 44,44% abgewertet. Erst 1959 stabilisiert sich die Währung, als der »neue Franc« eingeführt wird.

Stars der 40er Jahre

Humphrey Bogart
Filmschauspieler
John Wayne
Filmschauspieler
Katharine Hepburn
Filmschauspielerin
Hans Albers
Filmschauspieler
Joe Louis
Boxer

Gesellschaft

Während das Wetter sich in westeuropäischen Breiten relativ mild präsentiert, werden die östlichen Bundesstaaten der Vereinigten Staaten von einer schlimmen Kältewelle heimgesucht. In New York werden heute außergewöhnlich tiefe Temperaturen von minus 39 °C gemessen. An den nächsten Frühling glaubt hier zur Zeit niemand.

Wetter

Von seiner milderen Seite zeigt sich der Januar in diesem Jahr. Die Temperaturen, die bei durchschnittlich 2,7 °C liegen, lassen hier und da bereits Frühlingsahnungen aufkommen.

Dienstag 25. Januar

Politik

Das COMECON entsteht auf einer Sitzung der unter sowjetischem Einfluß stehenden osteuropäischen Staaten in Moskau. Es ist die Europäische Gemeinschaft Osteuropas. Für das COMECON gilt aber, daß alle Wege in die Sowjetunion führen. Die wirtschaftlichen Bedürfnisse der UdSSR stehen an oberster Stelle. Zum Ausgleich bekommen alle Mitglieder sowjetisches Öl und sind damit unabhängig von den arabischen Staaten, allerdings bei deutlich höheren Preisen.

Gesellschaft

Künftig soll Radio München, der Sender der US-amerikanischen Militärregierung, von deutscher Seite verwaltet werden. Als erste Rundfunkanstalt in der US-Zone wird der Radiosender als Anstalt öffentlichen Rechts in deutsche Hände übergeben. Gleichzeitig erhält er einen neuen Namen. Als »Bayerischer Rundfunk« behält er seinen Sitz in München und beteiligt sich ab 1954 am Fernsehprogramm der ARD.

Wetter

Mit durchschnittlich 1,6 °C zeigt sich der Januar 1949 nicht so mild wie im Vorjahr, im langjährigen Vergleich (–0,4 °C) schneidet er aber gut ab.

1950–1959

Highlights des Jahrzehnts

1950

- Ausbruch des Koreakrieges
- Abschaffung der Lebensmittelmarken in Deutschland

1951

- Debatte um die Wiederaufrüstung Deutschlands
- Skandal um Hildegard Knef als »Sünderin«
- Erster Schritt zur europäischen Einigung: Montanunion perfekt
- Der persische Schah Mohammed Resa Pahlewi heiratet Soraya

1952

- Helgoland wieder unter deutscher Verwaltung
- Staatsstreich in Ägypten
- DDR riegelt Grenze ab
- Dwight D. Eisenhower wird zum 34. US-Präsidenten gewählt
- USA zünden Wasserstoffbombe
- In Deutschland bricht das Fernsehzeitalter an

1953

- Tod des sowjetischen Diktators Josef Stalin
- Volksaufstand in der DDR
- Elisabeth II. zur Königin von Großbritannien und Nordirland gekrönt
- Mount Everest: Höchster Berg der Welt bezwungen

1954

- Französische Niederlage in Vietnam
- Deutschland wird in Bern Fußballweltmeister
- Beginn des Algerienkrieges
- Mit »That's alright Mama« beginnt der Aufstieg von Elvis Presley

1955

- Die Bundesrepublik wird ein souveräner Staat
- Gründung des Warschauer Paktes
- Tragischer Tod von James Dean
- Erste »documenta«

1956

- Traumhochzeit von Grace Kelly und Rainier III. von Monaco
- Volksaufstand in Ungarn
- Suezkrise führt zu Nahostkrieg
- Musical »My Fair Lady« beginnt seinen Siegeszug um die Welt

1957

- Gründung der EWG
- »Sputnik-Schock« bildet Auftakt zu Wettlauf im All
- Heinz Rühmann als »Hauptmann von Köpenick« gefeiert
- Erste Massenimpfung gegen Kinderlähmung

1958

- De Gaulle und Adenauer begründen deutsch-französische Freundschaft
- Rock 'n' Roll-Fieber grassiert weltweit
- Pelé – Star der Fußballweltmeisterschaft in Schweden
- Atomium ist Wahrzeichen der Weltausstellung in Brüssel

1959

- Fidel Castro übernimmt die Macht in Kuba
- Hula-Hoop-Welle schwappt aus den USA nach Europa
- Premiere des Marilyn-Monroe-Films »Manche mögen's heiß«
- Erste Bilder von der Rückseite des Mondes

◀ **Rock around the clock: Bill Haley (vorn) »erfindet« den Rock 'n' Roll**

Mittwoch 25. Januar

Politik

Die französische Regierung will hart durchgreifen. Mit drastischen Maßnahmen sollen Sabotageakte und Streiks gegen die Lieferung von Waffen nach Indochina unterbunden werden. Noch gibt Frankreich den Anspruch auf das Gebiet nicht auf. Allerdings sind die Autonomiebestrebungen insbesondere im Norden Indochinas schon weit fortgeschritten. 1945 hat sich die Demokratische Republik Vietnam (DRV) bereits für unabhängig erklärt. Erst 1954 kommt es jedoch in Genf zum Waffenstillstandsabkommen im Indochinakrieg.

Sport

Bei der 20. Rallye Monte Carlo setzt sich das französische Team Michel Becquart und Henri Secret auf Hotchkiss durch. Erschwert wurde die letzte Etappe der Sternfahrt an der Riviera durch das Wetter. Die Teilnehmer hatten mit schweren Schneestürmen zu kämpfen, so daß es nicht gerade leicht war, die Wagen zu lenken.

Wetter

Extrem mildes Wetter hatte den Jahreswechsel eingeläutet. Doch im Januar kühlt es sich dann doch noch kräftig ab. Die Temperaturen sinken auf durchschnittlich –1,4 °C.

Donnerstag 25. Januar

Politik

Mit Zollerleichterungen wartet die junge Bundesregierung in Bonn auf. Heute wird die Verordnung über die »Zollbehandlung von Geschenksendungen und Liebesgaben« erlassen. Sie erleichtert es ausländischen Hilfsorganisationen, Sendungen an Bedürftige zu verschicken. Vergünstigungen erhalten damit unter anderem die karitativen Auslands-Organisationen CARE und UNICEF. Sie haben in der freien Wohlfahrtspflege der Bundesrepublik eine erhebliche Bedeutung.

Politik

Gewerkschafter und Unternehmer einigen sich in Bonn. Auf einer Konferenz, die unter dem Vorsitz von Bundeskanzler Konrad Adenauer steht, vereinbaren sie die Mitbestimmung in der Eisen- und Stahlindustrie. Der bereits angekündigte Streik ist damit überflüssig und wird abgesagt. Arbeitervertretungen können künftig ein wenig mitreden, wenn es um die Firmenpolitik geht.

Wetter

Obwohl die Sonne seltener scheint als in den Vorjahren, steigen die Temperaturen auf durchschnittlich 0,9 °C. Damit ist der Januar diesmal vergleichsweise mild.

Freitag 25. Januar

Politik

Wie einen eigenen Staat behandelt Frankreich das von ihm besetzte Saarland. Der bisherige oberste Besatzungschef, Gilbert Grandval, wird Botschafter bei der Saarregierung. Frankreich strebt allerdings nicht wirklich einen unabhängigen Saarstaat an, sondern allenfalls einen Staat von Pariser Gnaden. Das rohstoff- und industriereiche Saarland wollten die Franzosen schon nach dem Ersten Weltkrieg von Deutschland annektieren. Wie damals entscheidet eine Volksabstimmung: 1955 sprechen sich zwei von drei Saarländern für den Beitritt zur Bundesrepublik aus.

Gesellschaft

Die Regierung der UdSSR gibt bekannt, daß alle Kriegsgefangenen, die in sowjetischen Lagern einsaßen, bereits freigelassen worden seien. Daß diese Aussage nicht stimmt, beweist Bundeskanzler Adenauer 1955, als er die Freilassung der letzten deutschen Kriegsgefangenen erreicht.

Wetter

Extrem trüb ist der Januar 1952. Die Sonne hat kaum eine Chance. Sie kommt nur für 35 Stunden zum Vorschein; dafür sind die Temperaturen (um 1,0 °C) aber immerhin erträglich .

Sonntag 25. Januar

Gesellschaft

Gegen die Wahlrechtsreform der Bundesregierung spricht sich an historischer Stelle – in der Frankfurter Paulskirche – die »Deutsche Wählergemeinschaft« aus. Sie fordert ein reines Mehrheitswahlrecht: Es stellt stabile Zustände her, spiegelt aber nicht die realen Verhältnisse wider. Die Regierung Adenauer setzt sich aber durch. Deutsche haben bei Bundestagswahlen zwei Stimmen: Die Hälfte der Abgeordnetensitze wird direkt über Bezirke gewählt, die andere nach Landeslisten entsprechend der Prozentzahl der Stimmen.

Sport

Europameister im Eiskunstlauf bei den Herren wird der Italiener Carlo Fassi. Bei den in der Dortmunder Westfalenhalle ausgetragenen Meisterschaften belegt die deutsche Meisterin Gundi Busch hinter der Britin Valda Osborn den zweiten Platz.

Wetter

Häufige Niederschläge und Temperaturen um 0,5 °C bestimmen das Wetter im Januar 1953. Der langjährige Mittelwert liegt bei -0,4 °C.

1 2 3

Rekorde in den 50er Jahren

Kugelstoßen: Jim Fuchs (USA) – 17,95 m (1950)
10 000 m: Emil Zátopek (TCH) – 28:54,6 min (1954)
800 m: R. Moens (BEL) – 1:45,7 min (1955)
Eisschnellauf: Eugen Grischin (URS) – 1000 m in 1:22,8 min (1955)

Montag 25. Januar

Politik

Zu einer heute beginnenden Tagung sind die Außenminister der USA, Großbritanniens, Frankreichs und der Sowjetunion in Westberlin eingetroffen. Die Siegerstaaten des Zweiten Weltkrieges verhandeln noch einmal über die Möglichkeiten einer deutschen Wiedervereinigung – erfolglos, denn der kalte Krieg macht Kompromisse unmöglich. Erst der Zusammenbruch des Kommunismus 1989 führt BRD und DDR zusammen.

Politik

250 ehemalige Angehörige der spanischen »Blauen Division« werden aus der Kriegsgefangenschaft entlassen. Die sowjetische Regierung genehmigt die Ausreise der Männer, die im Zweiten Weltkrieg am Rußlandfeldzug an der Seite der deutschen Wehrmacht teilgenommen haben.

Daß die weißen Streifen der Zebras eine gute Signalwirkung haben, wissen nicht nur Naturwissenschaftler. Mit breiten weißen Querstreifen wollen nun deutsche Verkehrsexperten eine Vorfahrt für Fußgänger erwirken. Bei einer zweitägigen Fachtagung fordern sie die Einführung eines solchen Streifens.

Wetter

Eisig präsentiert sich der Januar in diesem Jahr. Das Thermometer sinkt auf frostige Minuswerte. Die Durchschnittstemperatur liegt bei gerade einmal –3,4 °C.

Dienstag 25. Januar

Politik

Der Krieg mit Deutschland wird in einem Erlaß des Präsidiums des Obersten Sowjets in Moskau offiziell für beendet erklärt. 1945 endete der Zweite Weltkrieg mit einem Waffenstillstand – ein Friedensvertrag steht noch aus. Die Beziehungen zur Bundesrepublik Deutschland will die UdSSR jetzt in normale Bahnen lenken. Im September besucht Kanzler Adenauer Moskau. Beide Staaten nehmen diplomatische Beziehungen zueinander auf.

Politik

In Interviews mit westlichen Zeitungen hat der ehemalige stellvertretende Ministerpräsident Jugoslawiens, Milovan Djilas, eine Demokratisierung seines Landes befürwortet. Das muß er nun büßen. Die jugoslawische Justiz verurteilt ihn wegen angeblich staatsfeindlicher Aktivitäten zu einer Gefängnisstrafe. Am 28. Januar 1954 war Djilas schon wegen systemkritischer Äußerungen seiner politischen Ämter enthoben worden.

Wetter

Überwiegend im Plusbereich hält sich der Januar 1955 auf. Die Durchschnittstemperatur von 1,8 °C liegt weit über dem langjährigen monatlichen Mittel von –0,4 °C.

Mittwoch 25. Januar

Gesellschaft

Fünf der ersten Bundeswehrsoldaten haben einer Mitteilung des Bonner Verteidigungsministeriums zufolge ihren Dienst quittiert. Sie waren mit 1495 anderen Soldaten erst Anfang Januar zur neugebildeten deutschen Armee eingerückt. Zwei der fünf Männer sind wegen familiärer Gründe ausgeschieden; für die drei anderen war die Besoldung ausschlaggebend, die sie völlig unzureichend finden.

Stets korrekt und im Zweifelsfall eher weit geschnitten: Herrenmode in den 50ern

Sport

In Cortina d'Ampezzo treffen heute noch etliche Mannschaften aus verschiedenen Nationen ein. Morgen beginnen mit einer Eröffnungsfeier die VII. Olympischen Winterspiele, an denen zum ersten Mal auch eine gesamtdeutsche Mannschaft teilnimmt. Ihre »Nationalhymne« ist Beethoven »Freude schöner Götterfunken«.

Wetter

Mäßig kühl ist der Januar in diesem Jahr. Die Temperaturen erreichen einen Schnitt von 0,3 °C (langjähriger Mittelwert –0,4 °C).

Freitag 25. Januar

Technik

Schon seit Jahren arbeitet man in Frankreich an Plänen für einen Straßentunnel, der durch den Montblanc führen soll. Nun rückt die Verwirklichung des Projektes in greifbare Nähe. Die französische Nationalversammlung stimmt heute in Paris mit großer Mehrheit – 544 gegen 32 Stimmen – für den Bau des Tunnels, der am 16. Juli 1965 in Betrieb genommen werden kann.

Sport

In Davos wird heute die Fédération de Luge de Course gegründet. Dieser internationale Rennrodelverband ist eine Abspaltung vom internationalen Bob- und Schlittensportverband. Noch in diesem Jahr erkennt auch das Internationale Olympische Komitee den Verband als Gesprächspartner an.

Für eine gute Figur auf der Tanzfläche: Kleid aus Chiné-Taft

Wetter

Keine Besonderheiten hat der Januar 1957 zu bieten. Die Durchschnittstemperatur liegt bei –0,6 °C, nur 0,2 °C unter dem langjährigen Mittelwert. Es ist relativ trocken.

Samstag 25. Januar

Politik

Europas Institutionen wachsen: Der Rat der Europäischen Wirtschaftsgemeinschaft und der Europäischen Atomgemeinschaft konstituiert sich in Brüssel. – Vor ziemlich genau zwei Jahren ist in Bonn die deutsche Atomkommission zu ihrer konstituierenden Sitzung zusammengekommen. Unter dem Vorsitz des Ministers für Atomfragen, Franz Josef Strauß (CSU), ist es dabei u. a. um den Umgang mit dem Strahlenschutz sowie um die wirtschaftliche Nutzung der Atomenergie gegangen.

Gesellschaft

Eine französische Privatfernsehanstalt beendet im saarländischen Berus die Ausstrahlung ihres Programms. Die Stillegung der Saarländischen Fernsehen AG wird darauf zurückgeführt, daß sie seit zehn Tagen ein deutschsprachiges Programm mit Werbespots verbreitete.

Wetter

Einen ganz gewöhnlichen Januar bringt 1958. Die Temperatur entspricht mit einem Durchschnittswert von –0,4 °C dem langjährigen Mittel.

Stars der 50er Jahre

Marilyn Monroe
Filmschauspielerin
James Dean
Filmschauspieler
Elvis Presley
Sänger
Sophia Loren
Filmschauspielerin
Brigitte Bardot
Filmschauspielerin

Sonntag 25. Januar

Politik

Vor Journalisten in Amsterdam macht der Präsident des Jüdischen Weltkongresses, Nahum Goldmann, seinem Unmut Luft. Er kritisiert, daß die Wiedergutmachung für jüdische Opfer des Nationalsozialismus nur schleppend vorangeht. Auch beklagt er, daß es in der Bundesrepublik wieder zu »antisemitischen Auswüchsen« gekommen sei.

Preise in den 50er Jahren

1 kg Butter	6,75
1 kg Mehl	0,76
1 kg Fleisch	5,01
1 l Vollmilch	0,40
1 Ei	0,23
10 kg Kartoffeln	2,14
1 kg Kaffee	21,40
Stundenlohn	1,96

in DM, Stand 1955

Technik

Nun sind die Zeiten vorbei, da es noch Tage dauerte, von New York nach Los Angeles zu reisen. Die American Airlines nehmen den Flugverkehr zwischen der amerikanischen West- und Ostküste mit einer Boeing 707 auf. Noch am selben Tag erreichen nun die Reisenden ihr Ziel. Experten erwarten, daß auch andere Fluglinien diesem Beispiel folgen werden.

Wetter

Nicht zu kühl und trocken ist der Januar diesmal. Es werden nur 27 mm Niederschläge gemessen. Der langjährige Mittelwert liegt bei 43 mm. Das Thermometer erreicht Werte um 0,5 °C.

1960–1969

Highlights des Jahrzehnts

1960

- Gründung der EFTA
- Frankreich wird 4. Atommacht
- John F. Kennedy wird 35. Präsident der USA
- Hochzeit des Jahres: Fabiola und König Baudouin von Belgien

1961

- Erster Mensch im Weltraum: der Russe Juri Gagarin
- Bau der Mauer in Berlin
- Gründung von Amnesty International

1962

- Flutkatastrophe an der Nordseeküste und in Hamburg
- Kuba-Krise: USA erzwingen Abbau sowjetischer Raketenbasen
- »Spiegel«-Affäre löst Regierungskrise aus
- Start der erfolgreichsten Serie der Kinogeschichte: James Bond

1963

- Deutsch-Französischer Freundschaftsvertrag
- US-Präsident Kennedy wird in Dallas erschossen
- Marika Kilius und Hans-Jürgen Bäumler werden Weltmeister im Eiskunstlaufen

1964

- Die USA greifen in den Vietnamkrieg ein
- Revolution in der Damenmode: der Minirock
- Der 22jährige Cassius Clay wird jüngster Boxweltmeister
- UdSSR: Breschnew neuer KP-Chef
- Erfolgreichste Pop-Gruppe der 60er: die Beatles
- Den Rolling Stones gelingt der internationale Durchbruch

1965

- Im Alter von 90 Jahren stirbt in London Winston Churchill
- Erste Fotos vom menschlichen Embryo im Mutterleib
- Ziehung der Lottozahlen erstmals im Fernsehen

1966

- Große Koalition aus CDU/CSU und SPD gebildet
- APO beginnt sich zu formieren

1967

- Sechs-Tage-Krieg in Nahost
- Erste Herztransplantation
- Bürgerkrieg in Biafra
- Kult-Musical »Hair« wird uraufgeführt

1968

- Ermordung des schwarzen Bürgerrechtlers Martin Luther King und des US-Präsidentschaftskandidaten Robert Kennedy
- »Prager Frühling« durch Einmarsch von Warschauer-Pakt-Truppen beendet
- Aufklärungswelle erreicht den Schulunterricht

1969

- Willy Brandt wird Kanzler einer sozialliberalen Koalition
- Der erste Mensch betritt den Mond
- »Sesamstraße« begeistert Millionen von Kindern
- Rockfestival in Woodstock

◀ **US-Astronauten im Gruppenbild: Die 60er sind das Jahrzehnt der Raumfahrt**

Montag 25. Januar

Gesellschaft

Von Menschen, die Bücher ohne Bezahlung mitgehen lassen, hat man schon öfter gehört. Daß jedoch ein Buchhändler seine eigene Ware unterschlägt, ist eher selten. In Göttingen kommt die Polizei heute einem solchen »Subjekt« auf die Schliche. Er geht als »größter Bücherdieb aller Zeiten« in die Stadtgeschichte ein. 1913 gab es in Berlin einen ähnlich brisanten Fall. Ein an der juristischen Fakultät immatrikulierter Rechtsanwalt wurde erwischt, als er in der Universitätsbibliothek aus Büchern wertvolle Seiten heraustrennte. Er hatte aber auch schon ganze Bände mitgehen lassen.

Politik

Zu einem fünftägigen Staatsbesuch hat sich Bundeskanzler Konrad Adenauer (CDU) in Italien aufgehalten. Heute reist er wieder in die Bundesrepublik zurück. Während seiner Reise hat Adenauer auch Station im Vatikan gemacht, wo er von Papst Johannes XXIII. empfangen wurde.

Wetter

Vergleichsweise mild wie schon im Vorjahr präsentiert sich der Januar 1960. Bei 0,5 °C Durchschnittstemperatur bleibt es mit 37 mm trockener als im langjährigen Mittel (43 mm).

Mittwoch 25. Januar

Politik

Dem Kommunismus soll keine weitere Einflußnahme zugestanden werden. In El Salvador führt ein Umsturz, von einer Gruppe rechter Militärs organisiert, zum Regierungswechsel. Die im Oktober an die Macht gelangte linke Militärjunta unter Miguel Angel Castillo wird von Anibal Portillo als neuem Regierungschef abgelöst. Die bürgerkriegsartigen Kämpfe zwischen links und rechts bestimmen El Salvador bis 1992.

Politik

Mit großem Mißtrauen und beträchtlicher Hysterie werden in der BRD die Regungen der verbotenen KPD bedacht. Der Verfassungsschutz geht gegen eine kommunistische Untergrundorganisation vor. Insbesondere in Hessen und Hamburg müssen sich mehrere Personen für ihre Aktivitäten verantworten.

Preise in den 60er Jahren

1 kg Butter	7,58
1 kg Mehl	1,06
1 kg Fleisch	7,91
1 l Vollmilch	0,50
1 Ei	0,21
10 kg Kartoffeln	2,88
1 kg Kaffee	16,61
Stundenlohn	4,15

in DM, Stand 1964

Wetter

Frostig und sonnig verläuft der Januar 1961 – mit einer Durchschnittstemperatur von –0,6 °C und 56 Sonnenstunden. Die 51 mm Niederschlag fallen überwiegend als Schnee.

Donnerstag 25. Januar

Rekorde in den 60er Jahren

Stabhochsprung: Brian Sternberg (USA) – 5,00 m (1963)
Hochsprung: V. Brumel (URS) – 2,28 m (1963)
Weitsprung: Bob Beamon (USA) – 8,90 m (1968)
100 m: Jim Hines (USA) – 9,9 sec (1968)

Politik

Bereits am 22. Januar waren die Außenminister der afrikanischen Staaten in Lagos eingetroffen, um das heute beginnende Gipfeltreffen vorzubereiten. Die Staaten vereinbaren, mehr Handel untereinander zu treiben, um von den früheren Kolonialmächten unabhängiger zu werden. 1960 ist die Zahl der unabhängigen Staaten Afrikas schlagartig gestiegen, weil Frankreich die meisten seiner Kolonien freigab.

Sport

Sieger bei der Rallye Monte Carlo sind die Schweden Erik Carlsson und Gunnar Häggbom auf Saab. Bei der am 17. Januar begonnenen Rallye erringt die deutsche Mannschaft (Eugen Böhringer/Peter Lang) auf Mercedes den zweiten Platz. 1964 gewinnt Böhringer mit Klaus Kaiser den Internationalen Straßenpreis von Argentinien.

Wetter

Schneereich beginnt das Jahr, mit einem Januar, der mehr Niederschläge (60 mm) und höhere Temperaturen (0,6 °C) als gewöhnlich aufweist.

Freitag 25. Januar

Gesellschaft

Endlich wird man sich einig über die Lohnerhöhung. Mit dem Angebot der Arbeitgeber, 37 Cents (1,48 DM) pro Stunde mehr zu zahlen, zeigen sich US-amerikanische Hafenarbeiter an der Atlantik- und Golfküste zufrieden. Obwohl sie ursprünglich 50 Cents (2,00 DM) beim Arbeitgeber durchsetzen wollten, beenden sie nun ihren seit 34 Tagen andauernden Streik.

Sport

Den 17. Kampf seiner Profi-Laufbahn gewinnt Cassius Clay in Pittsburgh wieder einmal durch K.o. – diesmal in der dritten Runde. Der bisher unbesiegte US-amerikanische Schwergewichtsboxer verweist, wie vorhergesagt, seinen sieben Pfund schwereren Konkurrenten Charlie Powell in die Schranken. Nach dem Match läßt Clay – nicht umsonst mit dem Spitznamen »Großmaul« ausgestattet – vor laufender Kamera keinen Zweifel an seinen Talenten aufkommen: »I am the greatest!« 1964 wird er Weltmeister.

Wetter

Mit Extremwerten wartet der Januar 1963 auf. Die frostigen Temperaturen schwanken um –7,6 °C, und die Niederschlagsmenge liegt bei 91 mm.

Samstag 25. Januar

Technik

Mit »Echo II« starten die Vereinigten Staaten von Amerika heute einen Ballonsatelliten, der erstmals Kommunikationsversuche mit der Sowjetunion durchführen soll. Die gemeinsamen sowjetisch-amerikanischen Versuche betreffen das Gebiet der Funktelegrafen- und Funktelefonverbindungen. Der 250 kg schwere Ballonsatellit ist bis 1969 im Einsatz.

Gesellschaft

Mit Entschiedenheit spricht sich der Deutsche Bauernverband gegen den Mansholt-Plan aus. Sicco Mansholt, Vizepräsident der Europäischen Wirtschaftskommission, hat am 5. November 1963 der Europäischen Wirtschaftsgemeinschaft (EWG) seinen Plan unterbreitet, eine Angleichung der europäischen Getreidepreise einzuführen. Die Bauern in Deutschland fürchten jedoch, daß diese Maßnahme zu einer Senkung des deutschen Getreidepreises führen könnte. Auch die Bundesregierung schließt sich im März diesem Votum an.

Wetter

Ideale Skibedingungen sichert der Januar 1964 mit mildem Frost von –2,1 °C, der die Niederschläge von 39 mm als Schnee niedergehen läßt.

Montag 25. Januar

Politik

In einer Studie über die Beziehungen zu osteuropäischen Staaten und Völkern macht der Vorstand der bundesdeutschen SPD Vorschläge zu einer gemeinsamen Entwicklung von technischen Projekten mit den Regierungen in Osteuropa. Das Konzept soll die Selbständigkeit der osteuropäischen Nationen gegenüber der Sowjetunion fördern. Die SPD will über die kleineren Staaten des Ostblocks Politik machen. Für Adenauer, bis 1963 Bundeskanzler, führten alle Wege über Moskau.

Gesellschaft

Wehrpflichtige werden erstmals in der Bundesrepublik einem Eignungstest unterzogen, der über spätere Einsatzmöglichkeiten entscheiden soll. Die 300 000 bundesdeutschen Wehrpflichtigen des Geburtsjahrganges 1946 müssen sich während der Musterung als erste einem solchen Test unterziehen. Das bisher geltende Losverfahren zur Bestimmung der Verwendung der Rekruten wird hinfällig.

Wetter

Zu warm, wenn es nach den Standardwerten geht, ist der Januar 1965. Immerhin 2,1 Grad liegt die Durchschnittstemperatur über dem langjährigen Mittelwert.

Dienstag 25. Januar

Gesellschaft

Weniger Reisen in den Westen werden den Tschechoslowaken in diesem Jahr genehmigt. In Prag gibt die tschechoslowakische Regierung über die parteiamtliche Zeitung »Rude Pravo« bekannt, daß sie 1966 nur 100 000 Westreisen zulassen wird – in den Vorjahren waren es noch 150 000. Als Grund wird Devisenmangel genannt.

Gesellschaft

Immer noch nicht vom Tisch sind Gespräche über neue Passierscheine, um mehr Menschen in der geteilten Stadt Berlin Besuche zu ermöglichen. Das Treffen in Ostberlin zwischen dem Westberliner Senatsrat Horst Korber und DDR-Staatssekretär Michael Kohl bleibt erneut ohne konkrete Ergebnisse. Aber auch 1966 gibt es, wie in jedem Jahr seit 1963, ein Passierscheinabkommen für die Weihnachtszeit.

»Mini« heißt das Schlagwort der 60er – hier in Form eines Strickkleides

Wetter

Kräftige Minuswerte bringt der Januar in diesem Jahr. Das Quecksilber sackt im Schnitt auf –2,9 °C ab – gewöhnlich sind es –0,4 °C.

Mittwoch 25. Januar

Gesellschaft

Die Ohren zuhalten kann sich Bundeskanzler Kurt Georg Kiesinger zwar. Doch das Pfeifkonzert von über 1000 Studierenden, das ihm vor dem Charlottenburger Schloß in Westberlin geboten wird, ist nicht zu überhören. Die Studenten erheben damit Einspruch gegen die Erhöhung der Studiengebühren und das Demonstrationsverbot, das für die Berliner Innenstadt gilt.

Kurzer Mantel mit Schlaghose: Auch in die Männermode kommt Bewegung

Politik

Zu ersten Gesprächen trifft das sowjetische Staatsoberhaupt Nikolai W. Podgorny in Rom mit dem italienischen Ministerpräsidenten Aldo Moro zusammen. Podgorny, der im Dezember 1965 zum Präsidenten des Obersten Sowjets gewählt wurde, hält sich seit gestern zu einem Staatsbesuch in Italien auf.

Wetter

Wärmer und niederschlagsreicher als zu erwarten ist der Januar 1967. Die Durchschnittstemperatur liegt mit 0,6 °C um ein Grad, der Niederschlag mit 55 mm um 25 % über dem langjährigen Mittelwert.

Donnerstag 25. Januar

Politik

In einem formellen Schreiben erklärt sich die israelische Regierung gegenüber den Vereinten Nationen mit den Plänen zur Räumung des Suezkanals einverstanden. Seit dem 10. Juni 1967, als nach exakt 132 Stunden und 30 Minuten der dritte israelisch-arabische Krieg zu Ende gegangen war, liegen 15 Schiffe in der Wasserstraße fest. Nach dem Sieg Israels im Sechstagekrieg hat Ägyptens Staatspräsident erklärt, den Kanal erst nach dem Rückzug der Israelis wieder öffnen zu lassen. Erst 1975 passieren wieder Schiffe den Kanal zwischen Mittelmeer und Rotem Meer.

Die spektakuläre Befreiungsaktion durch einen Komplizen hat dem britischen »Posträuber« Charles Wilson nur wenig genützt. Nach dreijähriger Flucht macht Scotland Yard ihn in Kanada dingfest.

Gesellschaft

Wirtschaftsexperten unterschätzen die Situation der BRD: Sie prognostizieren ein Wachstum von 4%; tatsächlich werden es über 9%.

Wetter

Angenehm frostig bei durchschnittlich –0,9 °C ist der Januar 1968. Die 72 Sonnenscheinstunden machen die Kälte erträglich.

Samstag 25. Januar

Politik

Der Vietnamkrieg ist wieder Thema in Paris. Amerikaner und Südvietnamensen konnten – mit Mühe – die Tet-Offensive Nordvietnams 1968 abwehren. US-Außenminister Kissinger kann in den jahrelangen Verhandlungen in Paris einen Abzug der Amerikaner durchsetzen, der von Nordvietnam nicht sofort ausgenutzt wird. Vietnams Schicksal steht aber fest, als die Amerikaner 1973 gehen: Südvietnam muß vor dem kommunistischen Norden zwei Jahre später kapitulieren.

Technik

Die Rheinisch-Westfälische Elektrizitätswerk AG trifft eine Übereinkunft mit der Dresdner Bank, wonach sie deren Aktienpaket bei der Gelsenkirchener Bergwerks AG übernimmt. Das Unternehmen baut damit den Energiesektor aus.

Wetter

Fast nach Norm verläuft der Januar. Mit –0,7 °C liegt die Temperatur knapp unter dem langjährigen Mittel, die Niederschlagsmenge mit 44 mm knapp darüber.

Stars der 60er Jahre

Die Beatles
Popgruppe
Sean Connery
Filmschauspieler
Pelé
Fußballspieler
Jean Paul Belmondo
Filmschauspieler
Dustin Hoffman
Filmschauspieler

1970-1979

Highlights des Jahrzehnts

1970

- Neue deutsche Ostpolitik: Moskauer und Warschauer Vertrag
- Vietnamkrieg weitet sich auf Kambodscha aus
- Einstellung des Contergan-Prozesses

1971

- Einführung des Frauenwahlrechts in der Schweiz
- Friedensnobelpreis für Willy Brandt
- Hot pants – Modeschlager der Saison
- Kinohit »Love Story« rührt Millionen Zuschauer zu Tränen

1972

- Unterzeichnung des Rüstungskontrollabkommens SALT I
- Verhaftung von Baader-Meinhof-Terroristen
- Überfall palästinensischer Terroristen auf die israelische Mannschaft bei den Olympischen Spielen in München
- Unterzeichnung des Grundvertrages zwischen Bundesrepublik und DDR

1973

- Aufnahme beider deutscher Staaten in die UNO
- USA ziehen ihre Truppen aus Vietnam zurück
- Jom-Kippur-Krieg in Nahost
- Ölkrise: Sonntagsfahrverbot auf bundesdeutschen Straßen

1974

- Guillaume-Affäre stürzt Willy Brandt, neuer Bundeskanzler wird Helmut Schmidt
- Watergate-Affäre zwingt US-Präsident Nixon zum Rücktritt
- Deutschland wird Fußballweltmeister
- »Nelkenrevolution« in Portugal

1975

- Beginn des Bürgerkriegs im Libanon
- Unterzeichnung der KSZE-Schlußakte in Helsinki
- Spanien: Tod Francos und demokratische Reformen unter König Juan Carlos I.
- Einweihung des 3 km langen Elbtunnels in Hamburg
- Volljährigkeit von 21 auf 18 Jahre herabgesetzt

1976

- Umweltkatastrophe in Seveso
- Anschnallpflicht für Autofahrer
- Traumhochzeit des Jahres: Karl XVI. Gustav von Schweden heiratet die Deutsche Silvia Sommerlath

1977

- Entführung und Ermordung des Arbeitgeberpräsidenten Hanns Martin Schleyer
- Emanzipationswelle: Frauenzeitschrift »Emma« erscheint

1978

- Friedensverhandlungen zwischen Israel und Ägypten in Camp David
- In England kommt das erste Retortenbaby zur Welt

1979

- Überfall der Sowjetunion auf Afghanistan
- Schiitenführer Khomeini proklamiert im Iran die Islamische Republik
- Sandinistische Revolution beendet Somoza-Diktatur in Nicaragua

◀ **»Eiserne Lady« Margaret Thatcher, ab 1979 britische Premierministerin**

Sonntag 25. Januar

Politik

Amtsantritt für Alexander Dubček in Ankara: Der tschechoslowakische Politiker, der als Hauptinitiator des »Prager Frühlings« 1968 die Kommunistische Partei leitete, wird als Botschafter in die Türkei abgeschoben. Im Laufe des Jahres enthebt ihn die neue Führung in Prag aller Ämter. Sein Ziel, den Sozialismus mit Demokratie zu verbinden, vereitelte die UdSSR 1968 mit Waffengewalt. Sein Ausschluß aus der Partei steht bevor.

Sport

Bei den Weltmeisterschaften im Zweierbob im schweizerischen Sankt Moritz siegt das bundesdeutsche Gespann Horst Floth und Josef »Pepi« Bader aus Rießersee. Auch der zweite Platz geht an die Bundesrepublik. Wolfgang Zimmerer und Peter Utzschneider holen sich die Silbermedaille. Währenddessen finden in Innsbruck die Europameisterschaften im Vierkampf der Eisschnelläufer statt. Hier heißt der Gewinner zum zweiten Mal nach 1966 Ard Schenk aus den Niederlanden.

Wetter

Arg kalt mit Temperaturen um –4,4 °C beginnt das neue Jahr 1970. Die 46 mm Niederschlag fallen überwiegend als Schnee.

Montag 25. Januar

Politik

Nach einem Staatsstreich begibt sich der bisherige Ministerpräsident Ugandas, Apollo Milton Obote, ins Exil nach Tansania. Zur Zeit des Militärputsches, den der ugandische Generalmajor Idi Amin Dada anführt, befindet sich Obote auf einer Commonwealth-Konferenz in Singapur. Idi Amin übernimmt am 5. Februar die Regierungsgeschäfte. Er löst das Parlament auf und läßt die politischen Parteien des Landes verbieten. Erst 1979 wird der Diktator gestürzt. Seiner Terrorherrschaft fallen laut Gefangenenhilfsorganisation Amnesty International 100 000 Menschen zum Opfer fallen.

Gesellschaft

Eine aufsehenerregende Nachricht kommt aus dem Südwesten des Iran. In der Nähe der Ruinenstadt Susa finden Archäologen Überreste eines Palastes. Sie glauben, daß der legendäre Perserkönig Xerxes diesen Herrschaftssitz vor rund 2500 Jahren bauen ließ.

Wetter

Schnee und Eis bringt der Januar 1971, obwohl die Wolken weniger ergiebig sind (35 mm) als gewöhnlich. Ein Grad unter dem Gefrierpunkt liegt die Durchschnittstemperatur.

Dienstag 25. Januar

Politik

Einen Plan zur Beendigung des Vietnamkriegs gibt US-Präsident Richard M. Nixon für viele Menschen unerwartet bei einer Ansprache im amerikanischen Fernsehen bekannt. Der mit Südvietnam ausgetüftelte Achtpunkteplan sieht den Abzug der US-amerikanischen Truppen vor. Gleichzeitig bestätigt Nixon Gerüchte von Geheimgesprächen seines Sicherheitsberaters Henry A. Kissinger mit Vertretern Nordvietnams in Paris. 1973 verlassen die US-Truppen Vietnam.

Politik

Mit Erstaunen nimmt die Bevölkerung Japans die Nachricht von der »Gefangennahme« des letzten Soldaten der kaiserlich-japanischen Armee auf. Der 58jährige Unteroffizier Shoichi Yokoi, der sich nicht ergeben wollte, hat sich nach dem Zweiten Weltkrieg auf der Pazifikinsel Guam niedergelassen, wo er eine Art Robinson-Leben fristete.

Wetter

Trockene Kälte bringt der Jahresanfang 1972. Mit –3,3 °C liegt die Durchschnittstemperatur um fast drei Kältegrade unter »normal«. Die Niederschläge bleiben mit 26 mm ebenfalls deutlich unter dem langjährigen Mittel von 43 mm.

Donnerstag 25. Januar

Politik

Die im Oktober 1972 erlassene Amnestie für politische und kriminelle Häftlinge in der DDR wird heute abgeschlossen. Die Begnadigung war anläßlich des 23. Jahrestages der Gründung der DDR genehmigt worden. Von den insgesamt 25 351 Strafgefangenen und 6344 Untersuchungshäftlingen, die jetzt amnestiert worden sind, wurden 2087 in die benachbarte Bundesrepublik entlassen.

Politik

Belgiens neue Regierung stellt Ministerpräsident Edmund Leburton heute vor. Dem Kabinett gehören neun Sozialisten, acht christlich-soziale und vier liberale Politiker an. Der Wallone Leburton ist gleich-berechtigter Präsident der Sozialisten mit dem Flamen Jos van Eynde. Hauptaufgabe Leburtons ist die Entschärfung des »Sprachenstreits«: Belgien droht regelmäßig wegen der Rivalität zwischen Wallonen und Flamen auseinanderzubrechen.

Wetter

Der Januar 1973 tritt sehr gemäßigt auf. Mit 28 mm Regen und Schnee fallen nur etwa 40 % der für den Monat zu erwartenden Niederschläge. Die Durchschnittstemperatur liegt bei 0,3 °C.

Freitag 25. Januar

Politik

Nach dem Wahlsieg seiner Partei wird Bülent Ecevit türkischer Ministerpräsident. Der Sozialdemokrat regiert zusammen mit dem Islamisten Erbakan. Nach der Zypernkrise, als türkische Truppen auf der von Griechen regierten Mittelmeerinsel landeten, tritt Ecevit allerdings zurück. Er widersetzt sich den radikalen Forderungen Erbakans, der einen Krieg zwischen Türkei und Griechenland heraufbeschwört.

Gesellschaft

Das Telefonieren und Briefeschreiben wird in der Bundesrepublik teurer. Der Postverwaltungsrat beschließt eine Gebührenerhöhung. Ab dem 1. Juli kosten Briefe 50 Pfennige statt bisher 40. Die 23-Pfennig-Einheit wird beim Telefon eingeführt – ohne Zeittakt beim Ortsgespräch.

Rekorde in den 70er Jahren

100 m: Marlies Göhr (GDR) – 10,88 sec (1977)
Hochsprung: Rosemarie Ackermann (GDR) – 2,00 m (1977)
Weitsprung: Vilma Bardauskiene (URS) – 7,09 m (1978)
800 m: S. Coe (GBR) – 1:42,4 min (1979)

Wetter

Zu warm und zu feucht ist es. Bei Temperaturen von 3,5 °C – fast vier Grad über dem langjährigen Mittelwert – fällt mit 53 mm auch 20% mehr Niederschlag als gewöhnlich.

Samstag 25. Januar

Politik

In Bangladesch gibt es künftig wieder das Einparteiensystem. Die parlamentarische Regierung wird von einer Präsidialregierung abgelöst. Dabei erhält der Regierungschef, Scheich Mujib Rahman, von Staatspräsident Mahmud Ullah diktatorische Vollmachten. In Bangladesch, das bis 1972 zu Pakistan gehörte, bleibt es innenpolitisch unruhig: 1975 ermorden putschende Truppen Mujib Rahman und bis 1979 steht das Land unter Kriegsrecht.

Kultur

Um Möglichkeiten, alte Gebäude in einen besseren Zustand zu bringen, haben sich zahlreiche Architekten bemüht. Ihre Ergebnisse sind ab heute in Essen auf der Deutschen Bauausstellung zu sehen. Die unter dem Motto »Altbaumodernisierung« stehende Schau wird eröffnet. Nach der schnellen Wohnraumbeschaffung der 50er und 60er Jahre wird nun dem vorsichtigen Umgang mit alter Bausubstanz mehr Aufmerksamkeit gewidmet.

Wetter

Sonne und hohe Temperaturen lassen im Januar 1975 keine Wintergefühle aufkommen. 76 Sonnenstunden und 5,0 °C Monatsdurchschnitt liegen weit über den langjährigen Mittelwerten.

Sonntag 25. Januar

Ausgestellte Hosen und viel Schmuck trägt die moderne Frau in den 70er Jahren

Sport

Zum zweiten Mal wird der deutsche Radsportler Klaus-Peter Thaler Weltmeister im Querfeldeinfahren. Wie schon 1973 erfährt er sich heute in Lyon die Weltmeisterschaft der Amateure. Der vielseitige Radler strebt danach eine Profikarriere an. Nach zweijähriger Tätigkeit als Bundestrainer der Radamateure 1983-85 gewinnt er 1985 und 1987 die Weltmeisterschaft der Profis im Querfeldeinfahren.

Gesellschaft

Seinen 48. Geburtstag feiert er heute, der 1. Sekretär der KP Georgiens. Und dieses Jahr ist ein erfolgreiches Jahr für Eduard Schewardnadse: Er wird Vollmitglied der KPdSU. Bis zu seiner internationalen Karriere unter Gorbatschow – 1985-90 als Außenminister – ist allerdings noch ein wenig Zeit.

Wetter

Rekordniederschläge bietet der Januar in diesem Jahr. 96 mm statt der üblichen 43 mm werden registriert. Bei Temperaturen um 0,6 °C geben die Wolken ihre Last häufiger als Schnee ab.

Dienstag 25. Januar

Gesellschaft

Einer Mitteilung von Franco Basaglia zufolge, er ist Leiter des psychiatrischen Krankenhauses von Triest (Oberitalien), sollen bis September 1977 alle Patienten entlassen werden. Mit dieser bislang beispiellosen Aktion will er seiner Überzeugung verdeutlichen, daß die negativen Folgen der Hospitalisierung eindeutig überwiegen. Der Versuch, bei dem die psychisch Kranken bei ihren Familien oder in Wohngemeinschaften untergebracht werden, ist umstritten.

Technik

Ein erstes Sonnenkraftwerk wird in Odeillo (Spanien) zur Nutzung freigegeben. Dem in den östlichen Pyrenäen liegenden Sonnenofen ist eine Forschungsstelle angegliedert, die Experimente für die Gewinnung von Sonnenenergie betreiben soll.

Voll im Zeitgeschmack: Der Midimantel mit aufgesetzten Taschen für kalte Winter

Wetter

Recht unspektakulär präsentiert sich der Januar 1977. Mit durchschnittlich 0,7 °C ist es wärmer als normal (–0,4 °C) und es fällt auch weniger Niederschlag als üblich.

Mittwoch 25. Januar

Gesellschaft

16 000 Hafenarbeiter in der Bundesrepublik Deutschland machen deutlich, daß sie mit ihren Arbeitsbedingungen unzufrieden sind. Sie treten in den Streik, um damit Lohnerhöhungen von 6 bis 7% durchzusetzen. Der Ausstand endet am 2. Februar mit einem Kompromiß.

Preise in den 70er Jahren

1 kg Butter	8,36
1 kg Mehl	1,16
1 kg Fleisch	10,15
1 l Vollmilch	1,06
1 Ei	0,22
10 kg Kartoffeln	6,44
1 kg Zucker	1,65
Stundenlohn	10,40

in DM, Stand 1975

Kultur

Den Shakespeare-Preis der privaten Hamburger Freiherr-vom-Stein-Stiftung wird dem britischen Regisseur und Theaterdirektor John Dexter zugesprochen, der 1972 im Londoner Royal Court Theatre Arnold Weskers »The Old Ones« (»Die Alten«) zur Uraufführung gebracht hat. Mit der Auszeichnung erhält Dexter ein Preisgeld von 25 000 DM.

Wetter

Der Winter 1977/78 bleibt auch im Januar aus. Mit durchschnittlich 1,5 °C ist es um fast zwei Grad wärmer als im langjährigen Mittel. Aus einem wolkigen Himmel fallen aber nur 38 mm Niederschlag statt der üblichen 43 mm.

Donnerstag 25. Januar

Gesellschaft

Papst Johannes Paul II. unternimmt seine erste Auslandsreise. Bis zum 1. Februar bleibt er zunächst in der Dominikanischen Republik. Anschließend fährt er nach Mexiko und danach auf die Bahamas. Der Pole Johannes Paul II. ist 1978 als erster Nichtitaliener seit Hadrian VI. (1522/23) Papst geworden. In diesem Jahr reist er außerdem in sein Heimatland Polen. Politisch bedeutsam wird dabei seine Unterstützung des Klerus, den er in der Auseinandersetzung mit der kommunistischen Führung stärkt. 1980 tritt Johannes Paul II. seinen ersten Deutschlandbesuch an. Seit 198 Jahren hat sich in Deutschland kein Oberhaupt der katholischen Kirche mehr aufgehalten. Etwa 1,5 Millionen Deutschen bejubeln den »Heiligen Vater«.

Stars der 70er Jahre

Robert de Niro
Filmschauspieler
Jane Fonda
Filmschauspielerin
Woody Allen
Filmregisseur
Steven Spielberg
Filmregisseur
Muhammad Ali
Boxer

Wetter

Nach einem milden Dezember wird es zum Jahresanfang 1979 sehr frostig. Mit –3,8 °C liegt die Durchschnittstemperatur um 3,4 Grad niedriger als im langjährigen Mittel. Die Kälte ist unangenehm, da es bei 35 Sonnenstunden meist hochneblig-trüb ist.

1980–1989

Highlights des Jahrzehnts

1980

- Golfkrieg zwischen Iran und Irak
- Gründung einer neuen Bundespartei: »Die Grünen«
- Bildung der polnischen Gewerkschaft »Solidarność«

1981

- Attentate auf US-Präsident Ronald Reagan, den Papst und Ägyptens Staatschef Anwar As Sadat
- Erster Start der wiederverwendbaren Raumfähre »Columbia«
- In den USA werden die ersten Fälle von AIDS bekannt
- Hochzeit des Jahres: Der britische Thronfolger Charles, Prince of Wales, heiratet Lady Diana

1982

- Krieg um die Falkland-Inseln
- Sozialliberale Koalition bricht auseinander; Helmut Kohl wird neuer Bundeskanzler
- Selbstjustiz vor Gericht: der »Fall Bachmeier«
- »E. T. – der Außerirdische« wird zum Kinohit

1983

- US-Invasion auf Grenada
- Skandal um gefälschte Hitler-Tagebücher
- Aerobic wird in der Bundesrepublik populär

1984

- Richard von Weizsäcker wird Bundespräsident
- Ermordung von Indiens Ministerpräsidentin Indira Gandhi, Nachfolger wird ihr Sohn Rajiv Gandhi

1985

- Michail Gorbatschow wird neuer Kremlchef
- Sensation: Boris Becker siegt als erster Deutscher in Wimbledon
- »Live-Aid-Concert« für Afrika

1986

- Attentat auf Schwedens Ministerpräsident Olof Palme
- Katastrophe im Kernkraftwerk Tschernobyl
- Explosion der US-Raumfähre »Challenger«
- Premiere des Musicals »Cats« in Hamburg

1987

- Widerstand gegen Volkszählung
- Barschel-Affäre in Kiel
- Matthias Rust landet mit einem Sportflugzeug auf dem Roten Platz in Moskau

1988

- Atommüllskandal in Hessen
- Ende des Golfkriegs
- Geiseldrama von Gladbeck als Medienspektakel
- Dopingskandal überschattet Olympische Spiele in Seoul
- Reagan und Gorbatschow vereinbaren Verschrottung atomarer Mittelstreckenraketen

1989

- Die DDR öffnet ihre Grenzen
- Blutbad auf dem Platz des Himmlischen Friedens in Peking
- Demokratisierungskurs im gesamten Ostblock
- »Exxon Valdez«: Ölpest vor Alaska

◀ **Der »Thriller« der 80er: Michael Jackson ist der Megastar der Rockmusik**

Freitag 25. Januar

Sport

Bei der Rallye Monte Carlo siegt zum ersten Mal seit 20 Jahren wieder eine deutsche Mannschaft. Viel umjubelt fahren Walter Röhrl und Christian Geistdörfer auf einem Fiat Abarth 131 ins Ziel. Die Vorjahressieger Bernard Darniche und Alain Mahe aus Frankreich liegen mit ihrem Lancia Stratos weit hinter den Deutschen.

Politik

Die Präsidentschaftswahlen im Iran kann Abol Hassan Banisadr für sich entscheiden. 75,7% der Wähler stimmen für den Wirtschaftsberater von Ajatollah Khomeini, der 1979 die Gründung der Islamischen Republik nach der Revolution und der Vertreibung von Schah Resa Pahlawi maßgeblich beeinflußte. Banisadr wird im Juni 1981 allerdings wegen »politischer Unfähigkeit« seines Amtes enthoben. Der Ajatollah versagt ihm wegen seiner gemäßigten Haltung gegenüber Regimegegnern die Unterstützung.

Wetter

Trocken und sehr kalt ist der Januar 1980. Mit deftigen –3,5 °C liegt die Durchschnittstemperatur mehr als drei Grad unter dem langjährigen Mittel, Es fällt kaum Niederschlag.

Sonntag 25. Januar

Politik

Bei Anzeichen von Reue kann Chiang Ch'ing, die Witwe Mao Tse-tungs, der Todesstrafe entgehen. Sie wird heute im Pekinger Prozeß gegen die sog. Viererbande verurteilt. Auch dem ehemaligen Ministerpräsidenten Ch'un-ch'iao sowie Wang Hung-wen und Yao Wen-yüan werden »konterrevolutionäre Verbrechen« während der Kulturrevolution 1966 bis 1969 vorgeworfen. Auch sollen sie aus Machtgier gegen die Lehre Maos verstoßen haben.

Politik

Der linke Parteiflügel der britischen Labour Party unter Tony Benn kann auf dem Sonderparteikongreß in Wembley die Änderung der Statuten zugunsten der Parteiführung durchsetzen. Die Abgeordneten im Parlament verlieren deutlich an Macht. Die Labour-Führung guckt ein bißchen bei den regierenden Konservativen ab, woMargaret Thatcher die Partei fest im Griff hat.

Wetter

Mittelmäßige Wetterbedingungen herrschen im Januar 1981. Lediglich die Sonne fällt aus der Reihe; sie bricht mit 43 Stunden Scheindauer seltener durch die Wolken als gewöhnlich.

Montag 25. Januar

Politik

Der polnische Ministerpräsident Wojciech Jaruzelski verkündet, daß er an der schrittweisen Lockerung des 1981 ausgerufenen Kriegsrechts, das schließlich ganz aufgehoben werden soll, mitwirken will. Polens Regierung hat mit dem Kriegsrecht auf den Machtzuwachs der oppositionellen, freien Gewerkschaft »Solidarność« unter Lech Walesa regiert.

Preise in den 80er Jahren

1 kg Butter	9,44
1 kg Mehl	1,36
1 kg Fleisch	11,83
1 l Vollmilch	1,22
1 Ei	0,26
10 kg Kartoffeln	8,84
1 kg Zucker	1,94
Stundenlohn	17,23

in DM, Stand 1985

Politik

Über mehrere Jahrzehnte hinweg hat der sowjetische Politiker und Chefideologe der KPdSU, Michail A. Suslow, die politischen Verhältnisse in der UdSSR mitbestimmt. In den 70er Jahren hatte er sich entschieden gegen den Eurokommunismus gewandt. Heute stirbt der Parteifunktionär mit 79 Jahren in Moskau.

Wetter

Bereits tiefer Winter herrscht im Januar 1982. Es ist mit Temperaturen um –2,4 °C zwei Grad kälter als im langjährigen Mittel. Dafür zeigt sich die Sonne mit 61 Stunden etwas häufiger als üblich.

Dienstag 25. Januar

Technik

Das Europäische Kernforschungsinstitut gibt eine Mitteilung heraus, wonach es Wissenschaftlern gelungen sein soll, Bosonen, Überträgerteilchen der schwachen Kraft, nachzuweisen. Diese grundlegende Entdeckung bezeichnen Fachleute als wesentlichen Schritt zur Vereinigung der elektromagnetischen und der schwachen zur »elektroschwachen« Kraft. Der Laie wundert sich.

Gesellschaft

Reichlich teure Privatgeschäfte hat der frühere Vorstandsvorsitzende des gewerkschaftseigenen Wohnungsbauunternehmens Neue Heimat, Albert Vietor gemacht. Einem heute veröffentlichten Gutachten einer Wirtschaftsprüfungsgesellschaft ist zu entnehmen, daß er dem Unternehmen einen Verlust von 105 Mio. DM zugefügt haben soll. 1986 verkauft der DGB seinen Skandal-Verein an einen Privatmann.

Wetter

Naß und bei weitem zu warm ist der Jahreseinstieg 1983. Mit 80 mm fällt fast doppelt soviel Niederschlag wie gewöhnlich, und die Berechnung der Durchschnittstemperatur ergibt beachtliche 4,8 °C – das sind 5,2 Grad mehr als der Standard.

Mittwoch 25. Januar

Politik

Ein erstes rot-grünes Bündnis kann in Hessen verwirklicht werden. Die Grünen stimmen für den heute im Landtag zu verabschiedenden Haushalt 1983 und belegen damit erstmals ihre in Gesprächen mit den Sozialdemokraten zugesicherte Bereitschaft zur Duldung einer SPD-Minderheitsregierung. Am 7. Juni wird in Wiesbaden ebenfalls mit Unterstützung der Grünen Holger Börner (SPD) zum neuen Ministerpräsidenten gewählt.

Politik

Vor dem US-amerikanischen Kongreß in Washington beurteilt Präsident Ronald Reagan die wirtschaftliche Entwicklung der Vereinigten Staaten positiv. In seiner Rede zur Lage der Nation geht er auf die am 9. Januar vorgelegte Untersuchung über die Ernährungslage in den USA ein, mit der er 1983 eine Kommission beauftragt hat. Darin ist festgestellt worden, daß keine neuen Sozialhilfeprogramme notwendig seien. Tatsächlich bringen die Reagan-Jahre für Millionen den sozialen Abstieg.

Wetter

Wolkenverhangen und regnerisch ist der Januar in diesem Jahr. Es fallen mit 73 mm Niederschlag 30 mm mehr als im langjährigen Mittel.

Freitag 25. Januar

Politik

Als erstes Bundesland verankert das Saarland den Umwelt- und den Datenschutz in seiner Landesverfassung. Um das Verantwortungsbewußtsein für Natur und Umwelt zu fördern, hat der bayerische Landtag am 5. April 1984 dem Umweltschutz Verfassungsrang eingeräumt. Natürliche Lebensgrundlagen sollen bewahrt werden. Die Erhaltung von Tier- und Pflanzenarten und das Energiesparen wird zur öffentlichen Aufgabe erklärt.

Politik

Sämtliche Urteile des früheren nationalsozialistischen Volksgerichtshofes verlieren durch einen Beschluß des Deutschen Bundestages ihre Gültigkeit. Am 20. Februar 1983 waren diese Urteile bereits im Bundeszentralregister getilgt worden.

Stars der 80er Jahre

Richard Gere
Filmschauspieler
Madonna
Sängerin
Harrison Ford
Filmschauspieler
Jodie Foster
Filmschauspielerin
Michael Jackson
Sänger

Wetter

Eisige Kälte herrscht im ersten Monat des Jahres 1985. Fast fünf Grad unter das langjährige Mittel (–0,4 °C) sackt das Quecksilber im Durchschnitt. Hochnebel läßt nur 45 Sonnenstunden zu – normal sind 56.

Samstag 25. Januar

Politik

Kampala, die Hauptstadt Ugandas, wird von Yoweri Museveni, dem Führer der »Nationalen Widerstandsarmee« (NRA) – eine Rebellenbewegung – eingenommen. Der seit 1981 tobende Bürgerkrieg, der durch Machtkämpfe nach dem Sturz von Idi Amin ausgelöst wurde, erreicht einen neuen Höhepunkt, als Museveni die Macht erlangt. Er wird am 29. Januar offiziell als ugandischer Staatspräsident vereidigt und bleibt bis in die 90er Jahre an der Macht.

Rekorde in den 80er Jahren

1500 m: S. Aouita (MAR) – 3:29,46 min (1985)
Stabhochsprung: Sergej Bubka (URS) – 6,00 m (1985)
100 m: Florence Griffith (USA) – 10,49 sec (1988)
Hochsprung: Javier Sotomayor (CUB) – 2,44 m (1989)

Politik

Wie die sowjetische Nachrichtenagentur TASS meldet, ist Alexander Wlasow zum neuen Innenminister der UdSSR benannt worden. Er gilt als Mann Gorbatschows, der seit 1985 der Herr im Kreml ist.

Wetter

Mild, aber naß präsentiert sich der Jahresbeginn 1986. Die Durchschnittstemperatur liegt knapp über dem Gefrierpunkt (0,4 °C). Der wolkenreiche Himmel spendet 57 mm Niederschlag, etwas mehr als gewöhnlich.

Sonntag 25. Januar

Politik

Die großen Parteien CDU/CSU und SPD müssen bei den Wahlen zum elften Deutschen Bundestag Verluste hinnehmen. Die FDP und die Grünen verbuchen hingegen einen Stimmenzuwachs. Allerdings setzt sich die konservativliberale Koalition mit einer klaren Mehrheit erneut durch. Kanzler Kohl bleibt für weitere vier Jahre im Amt und gewinnt auch die folgenden Wahlen.

Sport

Beim Grand-Slam-Tennisturnier im australischen Melbourne kann sich der Schwede Stefan Edberg durchsetzen. Er gewinnt das Finale im Herreneinzel gegen den Australier Pat Cash in fünf Sätzen. In diesem Jahr gewinnt Edberg auch die US Open. Neben dem bundesdeutschen Boris Becker ist Edberg einer der »hungrigen jungen Leute« im Spitzentennis. Er steigt, wie auch Becker, zur Nummer eins der Weltrangliste auf.

Wetter

Kalt ist es im Januar 1987. Das Thermometer fällt im Monatsschnitt auf –6,9 °C (langjähriges Mittel –0,4 °C). Die Wolken sind mit 73 mm Niederschlag wesentlich ergiebiger, als in diesem Monat zu erwarten wäre (43 mm).

Montag 25. Januar

Gesellschaft

Wegen ihrer Teilnahme an einer Sitzblockade vor der Raketenbasis in Hasselbach werden die Mitglieder der Grünen und Aktivisten der Friedensbewegung Petra Kelly und Gert Bastian vom Amtsgericht Simmern zu Geldstrafen verurteilt. Beide Politiker, die auch internationale Anerkennung für ihren Einsatz in der Umwelt- und Friedensbewegung erfahren, sind seit 1985 parteiintern umstritten. Sie haben sich dem Rotationsprinzip widersetzt.

Auffällig unauffällig: So stellt sich die lässige Frau der 80er ihre Mode zusammen

Sport

Mit einer Auszeichnung wird heute die französische Sportzeitschrift »L'Équipe« in Paris geehrt. Ihr wird wegen exzellenter Berichterstattung der olympische Pokal des Internationalen Olympischen Komitees (IOC) zugesprochen.

Wetter

Zu warm präsentiert sich der Januar in diesem Jahr. Nach der Kälte des Vorjahres fällt nun bei einer Durchschnittstemperatur von 3,6 °C (vier Grad zu warm) der Niederschlag als Regen.

Mittwoch 25. Januar

Gesellschaft

163 katholische Theologen aus dem deutschsprachigen Raum sprechen sich in einer Kölner Erklärung gegen den Zentralismus in der Kirche aus. Der römischen Kurie, der zentralen Verwaltungsbehörde des Papstes, und dem Papst selbst wird Machtmißbrauch bescheinigt. Das Zölibat und die Frage weiblicher Pfarrer werden zur Zeit zwar heftig diskutiert,von Rom aber ignoriert.

Leger und bequem: Herrenmode im Oversize-Stil mit Jackenmantel

Sport

Der erfolgreichste deutsche Ruderer, Peter-Michael Kolbe aus Hamburg, gibt seinen Abschied vom aktiven Sport bekannt. Der 35jährige hat fünf WM-Titel und drei olympische Silbermedaillen im Einer – 1976 in Montreal, 1984 in Los Angeles und 1988 in Seoul – gewonnen.

Wetter

Einen Hauch von Frühling bringt der Jahresanfang 1989. Bei 68 Sonnenstunden klettert das Quecksilber bis zu einem Durchschnittswert von 3,4 °C – vier Grad über den langjährigen Mittelwert. Dabei ist es mit nur 13 mm Regen auch sehr trocken.

INAUGURATION OF

1990–1996

Highlights des Jahrzehnts

1990

- Wiedervereinigung Deutschlands
- Südafrika: Nelson Mandela nach 27jähriger Haft freigelassen
- Irakische Truppen überfallen das Emirat Kuwait
- Gewerkschaftsführer Lech Walesa neuer polnischer Präsident
- Litauen erklärt Unabhängigkeit
- Deutsche Fußballnationalelf zum dritten Mal Weltmeister
- Star-Tenöre Carreras, Domingo und Pavarotti treten gemeinsam auf

1991

- Alliierte befreien Kuwait und beenden Golfkrieg
- Auflösung des Warschauer Pakts
- Bürgerkrieg in Jugoslawien
- Auflösung der Sowjetunion – Gründung der GUS
- Sensationeller archäologischer Fund: »Ötzi«
- Vertrag von Maastricht
- Sieben Oscars für Kevin Costners »Der mit dem Wolf tanzt«
- Bürgerkrieg in Somalia
- Frieden im Libanon

1992

- Abschaffung der Apartheid-Politik in Südafrika
- Entsendung von UNO-Blauhelmsoldaten nach Jugoslawien
- Tod des ehemaligen Bundeskanzlers Willy Brandt
- Bill Clinton zum 42. US-Präsidenten gewählt
- In Hamburg wird mit Maria Jepsen zum ersten Mal eine Frau Bischöfin
- Fertigstellung des Rhein-Main-Donau-Kanals

1993

- Teilung der ČSFR in die Tschechische und die Slowakische Republik
- Rechtsradikale Gewaltakte gegen Ausländer
- Gaza-Jericho-Abkommen zwischen Israel und der PLO
- Skandal um HIV-Blutplasma
- Einführung von fünfstelligen Postleitzahlen im Bundesgebiet
- Sexskandal um Pop-Star Michael Jackson

1994

- Nelson Mandela erster schwarzer Präsident Südafrikas
- Fertigstellung des Eurotunnels unter dem Ärmelkanal
- Über 900 Todesopfer beim Untergang der Fähre »Estonia«
- Abzug der letzten russischen Truppen aus Berlin
- Michael Schumacher erster deutscher Formel-1-Weltmeister

1995

- Weltweite Proteste gegen französische Atomversuche im Pazifik
- Giftgasanschlag in Tokio
- Einführung von Pflegeversicherung und Solidaritätszuschlag
- Verpackungskünstler Christo verhüllt den Berliner Reichstag
- Ermordung des israelischen Regierungschefs Yitzhak Rabin
- Friedensvertrag für Bosnien

1996

- Arafat gewinnt Wahlen in Palästina
- IRA kündigt Waffenstillstand auf
- 100 Jahre Olympia: Jubiläumsspiele der Superlative in Atlanta

◀ **Der Präsident spielt Saxophon: Bill Clinton feiert 1993 die Amtseinführung**

Donnerstag 25. Januar

Politik

Mit einem Hilfsprogramm will US-Präsident George Bush Panama unterstützen. Bei der US-Intervention gegen den ins Drogengeschäft verwickelten Diktator Noriega Ende 1989 sind schätzungsweise Schäden in Höhe von 2 Mrd. US-Dollar (3,2 Mrd. DM) entstanden. Etwa die Hälfte davon wollen die USA übernehmen.

Gesellschaft

Zwei Monate nach dem Mauerfall führt die DDR die volle Gewerbefreiheit ein. In Zukunft sollen sich ausländische Unternehmen an DDR-Betrieben beteiligen können. Die DDR erlaubt allerdings mit einem Höchstsatz von 49% nur die Gründung von Firmen, die eine ausländische Minderheitsbeteiligung aufweisen.

Preise in den 90er Jahren

1 kg Butter	8,20
1 kg Mehl	1,21
1 kg Fleisch	12,85
1 l Vollmilch	1,33
1 Ei	0,27
10 kg Kartoffeln	10,30
1 kg Zucker	1,92
Stundenlohn	24,91

in DM, Stand 1993

Wetter

Als Fortsetzung des Herbstes erscheint der Januar 1990: Bei viel zu warmen 3,9 °C im Monatsdurchschnitt herrscht nebligtrübes Wetter vor. Die Sonne zeigt sich nur 33 Stunden – etwa 40 % weniger als im langjährigen Mittel.

Freitag 25. Januar

Politik

Für die Verteidigung gegen den Irak im 2. Golfkrieg sichert eine Bonner Regierungsdelegation Israel deutsche »Patriot«-Abwehrraketen zu. Die Delegation steht unter der Leitung von Außenminister Hans-Dietrich Genscher (FDP), der Verständnis für die Erbitterung der Israelis über das gerade bekannt gewordene Mitwirken deutscher Firmen am Aufbau der irakischen Rüstungsindustrie zeigt.

Politik

Durch die irakische Regierung veranlaßt, beginnen heute Schiffe damit, Öl in den Persischen Golf abzulassen. Bis Ende Januar sind es 1,4 Millionen Tonnen. Am 28. Februar 1991 hat die internationale Streitmacht zwar die Irakis aus Kuwait vertrieben, das Emirat steht nun aber vor einer ökologischen Katastrophe.

Stars der 90er Jahre

Kevin Costner
Filmschauspieler
Julia Roberts
Filmschauspielerin
Whitney Houston
Sängerin
Michael Schumacher
Rennfahrer
Luciano Pavarotti
Sänger

Wetter

Mild und heiter kommt der Jahresbeginn 1991 daher. 75 Sonnenstunden treiben die Durchschnittstemperatur auf 2,4 °C.

Samstag 25. Januar

Sport

Die Nachfolgeorganisation der UdSSR, die Staatengemeinschaft GUS, will nur bei den diesjährigen Olympischen Winterspielen in Albertville und bei den Sommerspielen in Barcelona als Gesamtmannschaft auftreten. Ab dem 1. Januar des folgenden Jahres präsentieren sich im Sport 15 selbständige Nachfolgestaaten der 1991 untergegangenen UdSSR.

Krawatte ist kein Muß mehr: Anzug mit zweireihigem Sakko

Sport

In München fiebern Fußballfans dem Schlußpfiff entgegen. Mit einem 2:1-Sieg gewinnt Borussia Dortmund im Endspiel gegen den VfL Bochum zum dritten Mal in Folge das Masters-Hallen-Fußballturnier des DFB. 1995 und 1996 holen sich die Dortmunder dann die richtige Meisterschaft.

Wetter

Die Welle der »winterlosen« Jahre hält an. Mit einer Durchschnittstemperatur von 1,6 °C bleibt auch der Januar 1992 zu warm und – mit 39 mm – etwas zu trocken (Mittelwert 43 mm).

Montag 25. Januar

Technik

Der Kölner Fernsehsender Vox, der heute zum ersten Mal sein Programm ausstrahlt, ist nach n-tv der zweite private reine Nachrichten-Anbieter in Deutschland. Mit dem Spezialprogramm hoffen die Vox-Macher, hohe Einschaltquoten erzielen zu können. Da bis Mitte des Jahres statt der erwarteten 5% nur 0,9% erreicht werden, strukturiert Vox sein Angebot um.

Politik

Kaum 100 Tage nach Einzug ins Weiße Haus wird Hillary Clinton von ihrem Mann Bill mit der Ausarbeitung von Reformen für die Nationale Gesundheitsversorgung betraut. Die neue »First Lady« hat sich schon als Anwältin und Juradozentin einen Namen gemacht.

Für die heißen Sommer der 90er Jahre: Kleid mit Bustieroberteil

Wetter

Extravagant gibt sich der Januar 1993. Mit Temperaturen um 2,5 °C ist es fast drei Grad zu warm, 59 mm Niederschlag bedeuten 40 % zuviel Regen, und auch die Sonne zeigt sich mit 86 Scheinstunden 30 Stunden länger als gewöhnlich.

Dienstag 25. Januar

Politik

Mit Versprechungen kommt der mexikanische Staatspräsident Carlos Salinas de Gortari in die Provinz Chiapas, wo am 1. Januar Rebellen der Zapatistischen Nationalen Befreiungsarmee zum Aufstand gegen die Regierung aufgerufen haben. In Gesprächen mit Vertretern von 280 Gruppierungen der Indianer und Bauern verspricht Salinas die Verbesserung des Gesundheits- und Bildungswesens und eine Land- sowie Wahlrechtsreform.

Rekorde in den 90er Jahren

Weitsprung: Mike Powell (USA) – 8,95 m (1991)
110 m Hürden: Colin Jackson (USA) – 12,91 sec (1993)
Skifliegen: E. Bredesen (NOR) – 209 m (1994)
Dreisprung: J. Edwards (GBR) – 18,29 m (1995)

Technik

Ein neuer west- und mitteleuropäischer Rekord wird in Windischeschenbach in der Oberpfalz aufgestellt – und zwar im Tiefbohren. Bei seinem Vorstoß in Richtung Erdkern erreicht das Unternehmen Kontinentale Tiefbohrung 8600 m.

Wetter

Eine Winterverweigerung leistet sich auch der Januar 1994. 3,5 °C Durchschnittstemperatur lassen die 90 mm Niederschlag – über 100 % über dem langjährigen Mittelwert – ausnahmslos als Regen fallen.

Mittwoch 25. Januar

Politik

Italien erhält mit der Wahl von Lamberto Dini einen neuen Regierungschef. Der keiner Partei angehörende Wirtschaftsexperte wird zusammen mit seinem Kabinett, dem vor allem Technokraten angehören, vom italienischen Parlament in Rom bestätigt. Es ist die 54. Nachkriegsregierung in Italien.

Beschimpfungen will der türkische FIFA-Schiedsrichter Serdar Cakmann nicht über sich ergehen lassen. Als ihn Zuschauer in Ankara als Hurensohn beschimpfen, pfeift er ein Pokalspiel ab.

Politik

Auch in Sofia wird ein neuer Ministerpräsident gewählt. Das bulgarische Parlament spricht sich mit 138 von 231 Stimmen für den gerade 35jährigen Schan Widenow aus, der seit 1991 Vorsitzender der bulgarischen Sozialisten ist. Die Partei, die aus der Kommunistischen Partei des Landes hervorgegangen ist, hatte am 18. Dezember 1994 im Verbund mit zwei kleineren Parteien über die Hälfte der Parlamentsmandate gewonnen.

Wetter

Regennaß und kühl verläuft der Januar 1995. Temperaturen um 0,7 °C rufen bei 60 mm Niederschlägen an so manchem Tag klamme Gefühle hervor.

Donnerstag 25. Januar

Samstag 25. Januar

Mittwoch 25. Januar

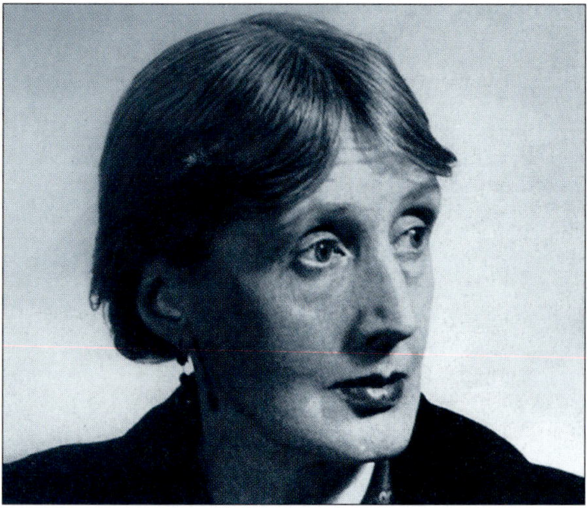

Virginia Woolf

***25.1.1882 London**

Die Frauenrechtsbewegung lag Virginia Woolf sehr am Herzen. Ab 1910 war sie für sie mit großem Engagement tätig. Daneben versuchte die englische Schriftstellerin und Literaturkritikerin in vielen Romanen und Erzählungen den »gewöhnlichen Leser« (Essay 1932) für die Literatur zu begeistern. Herausragende Werke sind »Mrs. Dalloway« von 1925 und natürlich »Orlando« (1928), wo sie eine fiktive Biographie in Romanform verarbeitete. 1941 nahm sie sich das Leben – zeitlebens hatte sie gegen eine Nervenkrankheit zu kämpfen.

Mittwoch 25. Januar

Corazon Aquino

***25.1.1933 Manila**

In der Weltpolitik sind nur wenig Frauen zu finden. Doch Corazon Aquino hat es sogar zur Regierungspräsidentin ihres Landes gebracht. Die philippinische Politikerin, Witwe des 1983 ermordeten, äußerst populären Oppositionsführers Benigno Aquino, übernahm 1986–92 nach dem Sturz von Diktator Marcos die Regierungsgeschäfte. Sie galt als Integrationsfigur des demokratischen Widerstandes gegen das totalitäre Regime. Doch da sie ihre Wahlversprechen nur zögernd einlösen konnte, kam es bald zu Putschversuchen.

Montag 25. Januar

Werner Schneyder

***25.1.1937 Graz**

Die »Münchner Lach- und Schießgesellschaft« war ein gutes Terrain für den österreichischen Kabarettisten. Zusammen mit Dieter Hildebrandt bot er einem breiten Publikum unbedingte Spitzenunterhaltung. Er wagt sich allerdings auch mit Soloprogrammen auf die Bühne. So stellte er 1982 mit »Zwischentöne« die scheinheilige Welt des Politik- und Kulturbetriebes bloß. Schneyder, der zudem als Drehbuchschreiber und Sportmoderator tätig ist, bewies im »Aktuellen Sportstudio« auch seine Qualitäten als Boxringrichter.

Samstag 25. Januar

Jürgen Hingsen

***25.1.1958 Duisburg**

Mit drei Weltrekorden, die der deutsche Leichtathlet zwischen 1982 und 1984 aufstellte, gehört Jürgen Hingsen zu den besten Zehnkämpfern. Allerdings hat er auch mit schwachen Nerven zu kämpfen. So verpatzte er bei den Olympischen Spielen von Seoul 1988 den 100-m-Lauf. Nach drei Fehlstarts wurde er disqualifiziert. Als der »ewige« Zweite gilt er, seitdem er sowohl 1982 als auch 1986 bei den Europameisterschaften nur auf den zweiten Platz kam. Auch in Los Angeles wurde Hingsen 1984 »nur« Olympiazweiter.

Mittwoch 25. Januar

Nicole Uphoff

***25.1.1967 Duisburg**

Mit der Goldmedaille machte die damals 21 Jahre alte Nicole Uphoff 1988 als jüngste Dressurreiterin bei Olympischen Spielen von sich reden. Neunjährig hatte sie erstmals im Sattel gesessen. Von ihrem Vater bekam sie vier Jahre später ein eigenes Pferd. Mit »Rembrandt« feiert sie noch heute als »Dressurkönigin« große Erfolge. Ihre steile sportliche Karriere verdankt sie vor allem ihrer enormen Nervenstärke. Und ihr unbekümmertes Auftreten gab dem zuweilen antiquiert erscheinenden Dressursport neue Impulse.

Impressum

Autor:	Camilla van Heumen, Köln
Redaktion:	Manfred Brocks, Dortmund
Bildredaktion:	Sonja Rudowicz
Umschlaggestaltung und Layout:	Pro Design, München
Satz:	Böcking & Sander, Bochum
Druck:	Brepols, Turnhout

Abbildungsnachweis: Bettmann, New York: 128; Horstmüller, Düsseldorf: 131; Interfoto, München: 130; Sven Simon, Essen: 129; Werek, München: 132.
Modefotos 1900-30er Jahre, Damenmode 40er Jahre, Damenmode 50er Jahre: Bertelsmann Lexikon Verlag, Gütersloh; Modefotos Herrenmode 40er Jahre, Herrenmode 50er Jahre, 60er-90er Jahre: Prof. Dr. Ingrid Loschek, Boxford.
Alle übrigen Abbildungen: Bettmann Archive/UPI/Reuters/John Springer Coll., New York.

Trotz größter Sorgfalt konnten die Urheber des Bildmaterials nicht in allen Fällen ermittelt werden. Wir bitten gegebenenfalls um Mitteilung.

ISBN 3-577-30125-2

Bücher
aus dem
Chronik Verlag
sind immer
ein persönliches
Geschenk

DIE PERSÖNLICHE CHRONIK

Vom 1. Januar bis zum 31. Dezember

Individuelle Bücher – für jeden Tag des Jahres eines. Mit allen wichtigen Ereignissen, die sich genau an diesem besonderen Tag während der Jahre unseres Jahrhunderts zugetragen haben. Doch trotz all der großen Ereignisse des Weltgeschehens – es gibt immer auch persönlich wichtige Daten für jeden einzelnen Menschen, sei es ein Geburtstag, Hochzeitstag, Erinnerungstag oder der Tag, an dem eine entscheidende Prüfung bestanden wurde. So wird aus einem Tag im Spiegel des Jahrhunderts zugleich auch ein »persönlicher« Tag. Und endlich gibt es für all diese Anlässe das richtige Buch, das passende Geschenk!

Persönliches Horoskop

Was sagen die Sterne zu den jeweiligen Tagen? Außerdem erfahren Sie, welche bekannten Menschen unter dem gleichen Sternzeichen geboren wurden.

DIE PERSÖNLICHE CHRONIK
Das Buch vom
31.
DEZEMBER
Ein ganz besonderer Tag
Chronik Verlag

Von 1900 bis zur Gegenwart

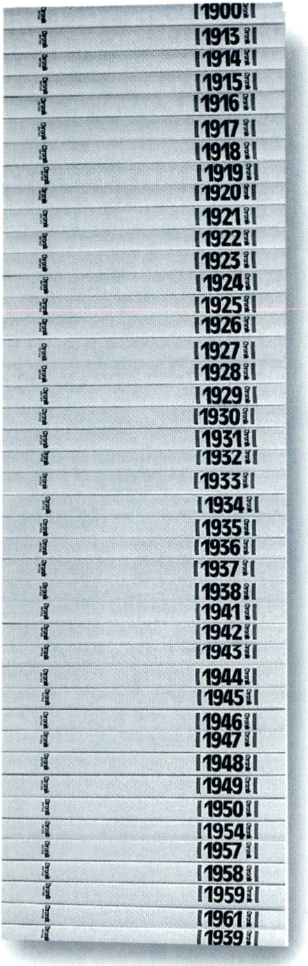

Die »Chronik-Bibliothek« ist die umfassende Dokumentation unseres Jahrhunderts. Für jedes Jahr gibt es einen eigenen, umfangreichen und zahlreich – überwiegend farbig – bebilderten Band. Tag für Tag wird dabei das Weltgeschehen in Wort und Bild nachgezeichnet – jetzt lückenlos bis an die Gegenwart. Sie können das jeweilige Jahr in chronologischer Folge an sich vorüberziehen lassen, aber die »Chronik« auch als Nachschlagewerk oder als Lesebuch benutzen. Ein prachtvolles Geschenk – nicht nur für Jubilare. Und wer die »Chronik-Bibliothek« sammelt, erhält ein Dokumentationssystem, wie es in dieser Dichte und Genauigkeit sonst nicht zu haben ist.

Chronik
1995
Tag für Tag in Wort und Bild
Chronik
Verlag